ゴエティア・ショック
電脳探偵アリシアと墨絵の悪夢
上

著：読図健人
イラスト：大熊猫介

GCN文庫

目次

CONTENTS

GOETIA SHOCK

chapter1:
電脳魔導師——ニューロマンシー

呪術探偵

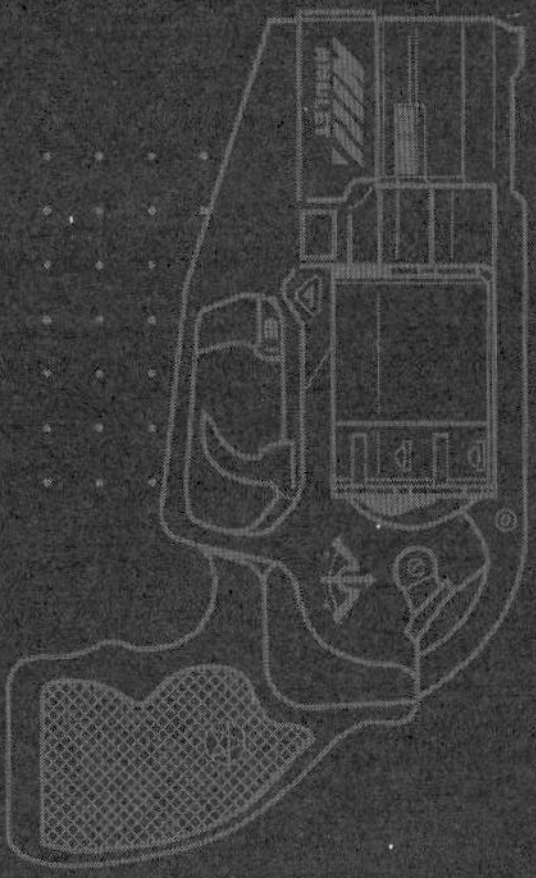

GOETIA SHOCK

Goetia Shock 1

Cyberdetective Alicia Arkwright

and

ink-painted nightmare

これはまだ、物質主義的《アナログ》な娯楽が許された時代に生まれた比喩だったか。

そう、まるで机に積み上げられた本の山のように――視線の向こうに荘厳と立ち並んだ超高層ビル群＝《超大型企業都市《メガロポリス》》が《超大型企業都市《メガロポリス》》たる所以《ゆえん》。

灰色の曇天の下、屋上フェンスの金網のあちら側に素知らぬ顔で立ち並んでいる。どれも社会的な墓標めいて……さながら沈黙の群れだ。

電子ロックにて立入禁止にされた屋上。

寒々しいコンクリート打ちの足場の中で、黒地のインバネス・スクール・コートに身を包んだ若猫じみた蒼眼の金髪少女が吐息をひとつ。二本の尾のように肩の後ろで二つに括った金糸が揺れる。吹き付けたビル風に、黄金の炎のように広がった。

どうにも救えない世界《アポカリプス》だと思う。ずっと思っている。

有機プラスチックカードを滑らかな白い指が弾く。

ピアノを続ければ――と言われた自慢の細く滑らかな指とて、やはりこんなもの相手では綺麗な音色なんて立てられそうにない。

手切れ金のように渡された養父からの生活費の詰まった決済カードなど、指で何度弾いてみてもただ空々しいだけだ。

息を吐ききり――。

気紛れに自身の電脳にアクセスし、誤購入してしまった手の内のキャラメルラテを前に補助電脳《ニューロギア》で受容する信号――フレーバー――を変化させた。

甘ったるいのに苦味のある苦手なキャラメルラテの味が、瞬く間にストロベリー風味のほのかに広がるミルク味に移り変わる。

返品するよりよほど早い。

特に少女のような《電脳魔導師《ニューロマンシー》》にとっては、あまりにも容易《たやす》いことなのだ。

「曰《いわ》く、百万分の一の奇蹟。電脳社会の神的素質者。新人類――ね」

ああ、だというのに――どうしようもない閉塞感。窒息にも似た生きづらさ。

この現代において、未来が良くなる印象なんてない。

そんなものは過去の奴らがとうに喰い潰した。あとは切り分けられて資産家の食卓に並べられるだけでしかない現在。

薬物投与、遺伝子改造、機械置換、汎用脳搭載端末に、株式戦争、おまけに電脳魔導師《ニューロマンシー》に電子精霊に《七十二柱の電子魔神《ゴエティア・ナンバーズ》》――。

救えない世界《アポカリプス》だ。

四大超巨大企業《ビッグフォー》かその関連か。世界の富の半分以上をその手に収めた富豪たちのおかげで、下々の人間は少ない牌を奪い合うしかない。

地獄というには生ぬるく、天国というには堕落しきったコンクリートとコンピュータの煉獄。

本当にどうしようもなくて――……。

それでも生きていくしかなくて、だけどやっぱり救えないと街に目掛けてカップを投げつける。

……警備ロボが来た。罰金だった。

◇◆◇　Goetia Shock　◇◆◇

事件屋《ランナー》――。

企業共同運営財団【セラフ】の直轄管理組織【アークス】に登録されている事件請負人。

主なる業務は、企業共同統治エリアにての業務代行作業。

始末人《モンド》、護衛官《ハガネ》、用心棒《サムライ》、諜報員《シノビ》、調達屋《マッコイ》、配送屋《ペンギン》、操縦人《カラス》、性派遣《アゲハ》、保安官《アオイヌ》、調査員《アカイヌ》などを含む委託業者の総称である。

調査員《アカイヌ》――またの名を探偵だろうか。

サクラという勤め人の女性の前に座るトレンチコートの人物は、彼女の日常からは隔たったまさに荒事を務める事件屋《ランナー》の一人であった。

しかし、

「猫捜しぃぃぃ～～～～～～～～？」

響く、鈴を鳴らすような少女の声。

そんなとても恐ろしい肩書を持つとは思えない高い美声の少女は、サクラの相談を聞くなり淡い金髪の下の美しい蒼白の目を見開いた。

ざわついた電子音声に会話が紛れさせられる金網とガラス張りの店内＝面会室風喫茶店。コンセプト意味不明。質素で無機質な灰色のテーブルの真向かいに座るアリシア・アークライトという探偵少女は――とかく、同性であるサクラでさえもまじまじと眺めてしまう現実離れした容貌だった。

白ブラウスに包まれた、かろうじて百五十センチに達するか達しないかという小柄。

全体的に華奢で儚げで、肉の重さを感じさせずに――どこか非人間的にすらも見える幻想的な容姿。そしてあたかも白磁の如く抜けるような白い肌のままに、幼さを宿しながらも美しく端整に整った目鼻立ちは、職人が熱を籠めて作った最高傑作と言われても頷ける。

（すごい……本物の、お人形さんみたい……）

色とりどりの歩く自動人形が表通りに蠢《うごめ》く社会にあってなお、その少女は目を引く。猫のように爛々と輝く強気なアーモンド型の蒼眼と、首の後ろで二つに括ってある股下までの豪華な金髪。

書き言葉が民族言語から共通語に切り替えられて久しい極東経済管区ネオチヨダ・ブロックにおいてもまだ珍しい――絵に描いたように純粋なコーカソイドの少女である。

さらに目立つのは、一点だ。

「何か？」

「あ、ええと……」

組まれた腕に乗った、体格に不釣り合いに大きな胸。

ビスクドールのような小ぢんまりと整った彼女の容姿の完全性を損ねているアンバランスに豊満な胸部は、白いブラウスをさながらその包装紙にしたメロンじみて強く押し上げており、非常に特徴的だった。そこだけを違法に増設したと言われても頷ける。

（すごいというか、なんというか……）

同性ながら……いや、同性だからこそ驚きが勝る。

男たちからの不躾《ぶしつけ》な視線を受けるであろうし、夏場は蒸れるし冷えないし、何よりも重い。神への恨み言を言いたくなる程度には、運動をするにも仕事をするにも地下パイプ鉄道の階段を下りるにも余分な脂肪としか言いようがないだろう。

遺伝子調整か、それとも整形か。

今や国家に代わって支配者に名乗りを上げた企業というものの、その構成員の個人的な情婦だと言われても頷ける改造であり、やはり探偵や事件屋《ランナー》という肩書が不似合いな――

「ああこれ？　お生憎《あいにく》サマ、無調整《ナチュラル》よ」

「え、あ、その……ごめんなさい」

「……別に。ただ人には色々いるでしょ？　どこで地雷を踏むかは判らないわ。企業社員を全うしたいなら、そういうのを視線に表すのはあんまり褒められた態度じゃないけど」

素っ気なく零《こぼ》されたアリシアの言葉へ、控えめに頷く。

「……好奇心、猫を殺すって言いますもんね」

「ノンノン。正確に言うなら、心配が猫を殺す……よ？　元々は、知的好奇心《キュリオシティ》ではなく心配《ケアー》はしぶとい猫でさえも殺してしまうから気に病むな、という意味の慣用句なの。わかるかしら？　こっちの古い言葉に直すなら、計画なしで出産しろ……かしら。それもどうかなと思うけど。ちゃんと計画しなさいよ。無責任な。女の子をなんだと思ってるのかしら？　そうやって言いくるめて避妊しないってこと？　全く……これだから男ってのは……」

「ええと……」

「まぁとにかく、そう、あれよ。杞憂……杞の国の、空が落ちてくることを憂いた人みたいに無駄に心配して桶に籠もってもしょうがないわ。中々に詩的だと思うけどね」

「詩的？」

「この国だと、愛で宇宙《そら》が落ちてくるんでしょう？　素敵じゃない。恋をして、想い憂いて、なんで桶に籠もったのかだけはわからないけど。そんなにショックだったのかしら？　気持ちは判らなくもないけど」

うんうん、とアリシアが頷く。

どれも微妙に間違っているあたり、共通語は不便だなと思った。

そしてアリシアは、かなりの饒舌家《トーカー》らしい。話の脱線が凄まじい。或いは、そうでなくては探偵などしないのかもしれない。

なんにしても、助けになってくれるならサクラにはそれが一番であり、

「それで……絶滅危惧種の血統書付きか何か？」

「い、いえ……」

「なるほど。じゃあ、首輪に宝石が？　それとも体内に情報チップを埋め込んだ？」

「そんな可哀想なことするわけないじゃないですか！」

「……なるほど。というと——」

「ペットです」

「ペット」

「大事な家族なんです！　お願いします！」

他人にとっては価値がないかもしれないが、サクラにとっては恋人が失踪した程度には重大なことなのだ。

しかし――事件屋《ランナー》が、果たして依頼を受けてくれるか。

企業から業務を外部委託される荒事解決人。

直接抗争を避けねばならない共同統治ホワイトエリアの中での代理解決業者からしてみれば、サクラの依頼などあまりにも平和ボケした頼み事であり、

「……まぁ、仕方ないわね。いいわ。この、アリシア・アークライトが力になってあげる。大船に乗ったつもりで――いや、あたしが如何《いか》に大根《かじょうせんりょく》をムラマサで切るかと教えてあげるわ」

腕を組んで尊大そうに振る舞いつつ、小さな彼女は快諾してくれた。

その刺々しい態度とは裏腹にお人好しなのかもしれない。

それにしても、コトワザが好きなのだろうか？

生真面目で、先生受けがいいように数多く手を挙げて発言する類の、背伸びしがちな委員長少女にも見えた。

◇◆◇

「一、二、三で火を点《つ》けるんだ。
一、――なあ今何時だ？　大惨事だ。オーケー？」

――ロックス・J・ガイル
1stアルバム「大炎上《ホンノウジ》　～ボーズのビョーブにジョーズが空からやってきた～」より

◇◆◇

視線の彼方《かなた》、ビジネスビル越しの遠景に望むはこの東洋の巨大市場ネオチヨダ・ブロックの中心部で、ひしめく都心街のビル群の中にあってもなお巨大な蟻塚のように天へと伸びる円錐ビルディング――通称《生命の木《セフィロト》》。揶揄される別名を、流血を啜《すす》るバベルの塔。

その天頂部には白雲がまとわりつくほどであり、現実感を失わせるほどに大いなる――この企業共同統治エリアの象徴的な建造物だ。大型のマスドライバーにさえ似ている。

政治施設に通信施設――そこに商業施設まで入っているのは、旧時代なら考えられぬことであろう。

ただ、有史以来最大の戦争による被害と、天災及び人災で引き起こされた大規模な世界的社会混乱——深刻な旧国家間の対立構造とグローバル化破綻に伴う経済格差の拡大によって国家という支配構造の権威が失墜し——四大超巨大企業《ビッグフォー》と呼ばれる私企業が入れ替わりに支配者として台頭し始めた今世紀になっては、最早当たり前の光景と言えた。

その建造物のお膝元の地域にしては、サクラの居住地はささやかなものだろう。

表通りにはネオン看板やホログラム看板、ドロイド客引きが躍る街であるが——……一本裏へと入ってしまえば、雑多な居住ビルや古めかしい店舗に溢れている。

表通りを行き交う運搬用ドローンや配達用の飛行バイクのモーター音を見送りつつ、トレンチコートのアリシアが肩を竦《すく》めた。

「まあ……捜し方は色々とあるけど。いつ居なくなったの？」

「一日経っても戻ってこなくて……捜してくれる人を探して、今二日目です」

「じゃあ、あまり時間をかけたくないってことでいい？」

頷けば、アリシアも金髪を揺らして頷き返す。そして、

「ひとまず、この周辺の監視カメラを全部乗っ取ったわ。さっさと迎えにいきましょう？」

「え、あ、え……全部ですか!?」

「そうよ。言ったでしょ、過剰戦力だって」

フフン、と小柄な彼女は得意げに頬をつり上げる。

プライドが高く自信家なのだろう。

そして、サクラの記憶から抽出して提出された愛猫の映像データを詰め込んでいた可搬記憶媒体を、彼女はうなじの生体コネクタに差し込むなり、

「ふむ。……見付けたわ」

「え？」

「そっちにも見えるように投射してあげる」

パチン、と白く細い指が鳴る。同時、青いホログラムじみてサクラの視界に愛猫の姿が浮かび上がった。

――拡張現実《AR》。

「え？　え？」

路地裏に、サクラの困惑が木霊《こだま》する。

今や企業統治エリアにおいてその搭載が義務付けられた脳内インプラント型情報処理端末：補助電脳《ニューロギア》。

元来が人型機甲兵器の操縦管制システムに由来するそれは、生体情報モニタリングと生体制御マネジメント機構を併せ持つ――《管理可能な管理者》と称される電脳端末である。

それは様々な電子プログラムを搭載し、同期させた機械を脳制御することから始まり、極めて現実に近いオンライン仮想空間への接続や、果てはプロスポーツ選手の優れた運動動作データを肉体に反映することも可能とする先進的な機械だ。

それ故に――いくら外部と無線や有線での接続は可能だとしても、人体に搭載されている以上は相応の強固なセキュリティを有している。

それを、息を吸うよりも容易くハッキングされた。

「こんなこと……え？　え？　電脳潜行者《ジョッキー》だったんですか⁉」

「……あたしは電脳潜行者《ジョッキー》じゃなくて電脳魔導師《ニューロマンシー》よ。そんなことも知らないで依頼をしたの？」

どちらも、サクラには違いが判らない。ただ、正当な許可なしでの補助電脳《ニューロギア》へのクラッキングが禁止されており――それは接続者にも被接続者にも危険を伴うものであるということしか。

様々なプログラムを用いてセキュリティの根本から電脳を書き換えられてしまえば、極論、脳でできることは全てできる。記憶を完全に漂白することも、偽の記憶を植え付けることも、常に幻覚を見せ続けることも、神経過敏症にすることも可能なのだ。

（デタラメだ……こんなの……）

それを避けるためには、一部の企業家や企業公務執行者のように補助電脳《ニューロギア》を複数個――

つまり小型であり高性能かつ高価格な端末に限られる——用意して搭載し、その中で一つだけを即座に断線可能なオンライン用にするか。その他は、セキュリティソフト——電脳セキュリティソフトと、人格セキュリティ訓練プログラムを受ける他ない。

この電脳社会の根幹の秩序と平和を揺るがすものこそ、彼ら電脳潜行者《ジョッキー》や電脳魔導師《ニューロマンシー》と言えた。

そしてそんな超越者の一角であり、今まさに偉業をなした金髪少女は、ツンと口を尖らせながら腕を組んでサクラを見上げてきていた。

「一応、念のために聞くけど……貴女《あなた》の猫よね？」

「当たり前じゃないですか！」

叫び返すサクラであったが、一体、どうやって証明すべきだろうか。巨大な仮想演算シミュレーターなら、細部までの破綻が極めて少ない精巧な偽装記憶《イマジン》も作り得る。

しかし、細い眉を片方あげた西洋人形めいた少女は、

「……オーケー、嘘はないわね」

そう、頷く。

果たしてそれが本心からなのか、それとも虚偽の申告をされてしまったが依頼人には必要な確認はした——という責任逃れのための言葉なのかは、サクラにはわからなかった。

しかしながら、

（……多分、だけど。この娘はそういうのも判るんだ）

二つ括りの金色の長髪を靡《なび》かせて、一切の翳《かげ》りのない靴音を立てて路地を進んでいくアリシアの背中を見れば、サクラにはそう思えた。

二人で、ホログラムの猫を追う。過去を追う。

その現実離れした可憐で美しい容姿の先導者とも相俟《あいま》って、どこか、何かのファンタジーのようだとサクラは思った。

そして果たして、路地裏を抜けて辿り着いた先は公園に面した表通りだった。

監視カメラから愛猫の映像だけを拾い上げた先。

家を飛び出した彼は途中で配送用ドローンに潜り込み、そして、運ばれてしまっていた。

それが独力で自宅まで辿り着けなかった理由だろう――とサクラの前を歩いていたアリシアはそう分析していた。

（こんなに簡単に……）

自身の補助電脳《ニューロギア》と連動もさせていない店舗の監視カメラに容易く侵入し、そこから猫一匹だけを綺麗に洗い出し、リアルタイムに高度な拡張現実としてサクラの電脳を介し、あたかも網膜に映り込んだ映像の如く処理をさせる――。

そのどれか一つをとっても高価な専用機器が必要で、高度なクラッキングプログラムやサーチエンジンが求められる作業を、彼女は全くの徒手空拳で行っているのだ。最早それは感嘆を通り越して、畏怖に近い。仕事上で電脳技術者とあまり近付くことのないサクラでさえ、彼女がどれほど異次元の技量を持っているかに思い当たるほどに。

そして、その、現代の魔法使いじみたアリシアは通りに出る手前で、公園を睨みながら足を止めていた。

「……ほら、迎えに行ってあげなさいよ」

「はい！　あ、でもアリシアさんは――」

むしろサクラが駆け出さなかったのは、ひとえにアリシアが止まっていたからなのだが……彼女は、

「……苦手なのよ、猫。懐かれないから」

そう顔を背けつつ、ツンとその薄桃色の唇を尖らせた。

その仕草がなんだか猫みたいで――妙な笑いが出てくる。

「な、何笑ってるのよ！　依頼料跳ね上げるわよ!?　さっさと行くったら行くの！　あっちも待ってるでしょ！」

「は、はい！」

そんな微笑《ほほえ》ましい怒声に後押しされて、すぐに走り出そうとする――その間際だった。

鳴き声と共に、公園の入り口から黒猫が姿を現す。

サクラの声を聞きつけたのだろうか。そのまま猫は、車道に飛び出した。幸いにして車

通りはない。

　だが、

「緊急停止ボタンを押して！」

「え!?」

「早く！」

　アリシアが叫ぶ。サクラは応じられない。

　公道を走行する車両への遠隔緊急停止ボタン――より安全で配慮された運行を謳い設置されたセーフティ――であるが、当の車両が存在しないというのに。

　一体なぜ。何もいないというのに。猫はボタンでは止まらない。

　そう思った、その時だった。

　左折と共に猛スピードで接近するトラック。制限速度オーバー。ホログラムデバイスにて周辺地図を投射中の不注意運転。猫に気付いていない。そして愛猫は、その猛烈な鋼の獣の接近に道の半ばで身を凍らせていた。

　この未来を読んだかのようなアリシアの言葉。

　その真意を理解できないまま、サクラは走った。標識に備えられた黄色と黒で彩られたボタンを叩き――――だが、トラックは動じない。

「え……!?」

受信——故障車。

交通安全義務上の、外部からの非常用信号の受信機能が機能していない車載コンピュータ。壊れたまま直されることなく働かされ続ける彼のそれは、完全に通信系統から独立していて——外部からは如何なる停止も受け付けないのだ。

スタンドアロン端末相手では、外から止めようがない。

車両は迫る。猫は動かない。走り出して抱え上げたとしても、きっとそのまま巻き込まれる。

愛猫同様にサクラも身を凍らせてしまった——その時だった。

「……そーね。これが電脳魔導師《ニューロマンシー》よ」

そう呟くと同時、足音が一つ。

アリシアが、車道へと身を躍らせた。

ふわり、と——二つ括りの金髪が跳ねる。風に躍り、金の焔《ほむら》の如くに広がった。

それは古典的なショッキング映像の、猛牛に相対するマタドールか——それとも荒れ狂う濁流を前にした宗教的聖人とでも言うべきか。

どちらにせよ、ホンの数秒後には数トンにも及ぶ金属と強化プラスティックの塊に引き潰されて、むごたらしく殉教者の仲間に入るしかない。

だというのに、

「――止まりなさい」

指を一本、あたかも迫りくる獣の額に突きつけるように。

彼女がそれを翳《かざ》すのと、強烈なブレーキ音が巻き起こるのは同時であった。

ドライバーは混乱の中にいた。突如として車道の中心に現れた小柄な少女と、そして、主の意思を超えて停止にかかった車両へと。

果たして――猛烈なブレーキ痕と、路面に削れたタイヤが上げる煙と異臭。それらを残して、猛獣めいたトラックはまさしくアリシアの人差し指がその鼻先に当てられるかという距離にて静止する。

奇跡だと、サクラはそう思った。

起こる筈がない現実。辿るはずがない未来。それが成り立つのは、奇跡や夢物語の中でしかない。

しかし――金髪の彼女は、指をくるりと回して得意げに笑った。

遅れて巻き起こったトラックの風に丈長のトレンチコートの裾がはためき、黄金の糸じみた金髪が浮く。

「……言ったでしょ？　過剰戦力だ、って。フフン……驚きいただけたかしら、レディ？」

振り向き返す幼く気高い美貌が、夕焼けに彩られる。

その姿に、サクラはある種の幻想性や神聖さすら幻視してしまっていた。

（そっか、だから……魔導師《マンシー》って……）

其《そ》は、余人には及ばぬからこその魔導師。

専用の機材も装備も用いることなく超高速でクラッキングを行い、容易く補助電脳《ニューロギア》のセキュリティを突破し、あまつさえ完全独立端末《スタンドアロン》にさえも外部接続するという常識外れの偉業。

彼女らの前に、接続できない電子機器はない。

それはつまり、この電脳隆盛社会においての、頂上に位置すると言っても何ら過言ではない権能であろう。

電脳存在《ニューロ・マン》の主座《シー》。

或いは新的理想《ニュー・ロマン》の大海原《シー》。

そして、電脳神経《ニューロ》――大魔導師《マンシー》。

……なお、その後、騒動に驚いて逃げ出していた愛猫はサクラが捕まえた。

流石《さすが》の電脳魔導師《ニューロマンシー》も、一切電脳化されていない猫には手も足も出ないらしい。むしろそこからがこの件に関しては長かったと言っていい。

それでも――

「これにて一件落着ね。うん……家族一緒で何よりだわ。どうかしら、依頼人さん？　ご満足いただけた？」

夕暮れの中に引っかき傷だらけで、そうニヒルな片笑い——だが背伸びするような可愛らしさが付き纏《まと》う——を浮かべる小柄な彼女は、少なくとも支配者には見えなかった。

事件屋《ランナー》。

調査員《アカイヌ》にして——電脳魔導師《ニューロマンシー》。

電脳探偵——アリシア・アークライト。

chapter2:
調査依頼——ハンドアウト・オブ・ザ・ラン

呪術衝撃

GOETIA SHOCK

Goetia Shock 1

Cyberdetective Alicia Arkwright

and

ink-painted nightmare

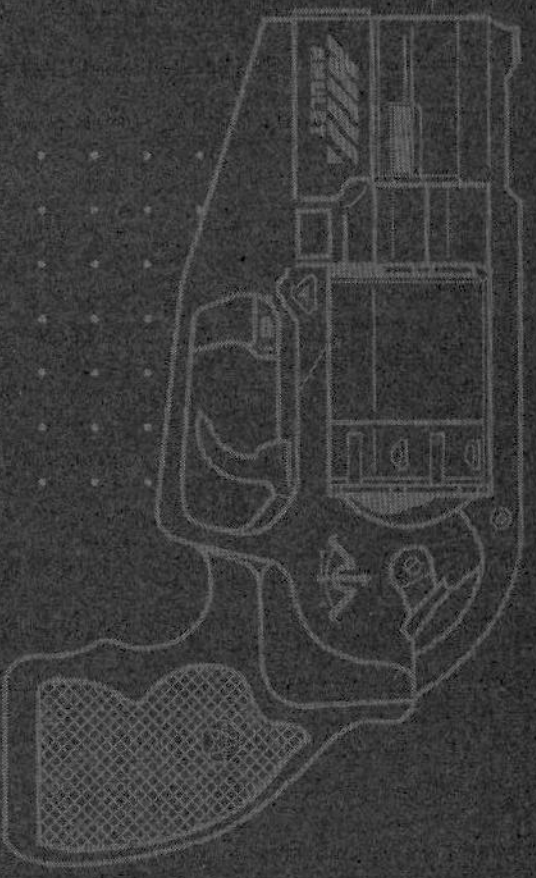

【電脳魔導師《ニューロマンシー》】［名詞］**NuroManci**

電脳・機械脳波操作者。完全独立した端末にも遠隔接続可能で、直感的に電子機器全般を操作可能な素質を持つ。後天的な発現は確認されないある種のギフテッド。

しかし、電脳潜行者《ジョッキー》のように電脳クラッキング時の不可思議な共感覚めいた電脳領域《サイバースペース》は知覚できない。

電脳仮想空間《VRエリア》と電脳領域《サイバースペース》はまた異なるため、前者への接続は可能である。自らの効率的な能力使用UIとして、これら電脳仮想空間《VRエリア》を用いる者もいる。

ある種の光子投射能力《フォトンキネシス》や量子投射能力《ボソンキネシス》とも考えられるが、そもそも超能力の存在自体が未確認のため詳細は不明。

更にその中には、権限保持者《プロトコル・ホルダー》なる——電脳仮想人格との共生を行う者も存在する。

◇　◆　◇　Goetia　Shock　◇　◆　◇

街を貫く朝焼けの高架道路を、片持ちスイングアームに支えられた大型タイヤが回る。断崖めいたビルのガラス壁面。硬質化ネックプロテクタに押さえられた金の三つ編み。風の唸りと呼ぶには、それは和やかすぎた。都市区画規模での自動運転制御はその先鋭的な鉄の馬から競争という理念を失わせ、路面の凹凸にメリーゴーラウンドじみた定型の振動を返す玩具《おもちゃ》に変える。

ZEF-19　アーバンレイヴン。

都市を翔ける大鴉《おおがらす》の名を冠された大排気量《クラス》の車体が、泣いていた。自動運転制御の中にあってはスロットルも殆《ほとん》ど飾りに等しい。だが、元より電動の車体は、最大にスロットルを開こうとも排気はしない。接近警報代わりの合成音声が電子マフラーから放り出されるだけだ。

前進駆動力となるモーターは回転するその大型タイヤに内蔵され、車体が有しているのはバッテリーのみ。ハの字に生えたセパレートハンドルを握った前傾姿勢のアリシアが、

低身長ながらに跨がれている――シート高カスタム済――のはその為だ。

三つ編みに括った金髪が鎖のように揺れる。ネックプロテクタの他、防風ゴーグルと面頬めいた防塵マスク以外の防具はなし。さながら竜の角の如くアリシアの頭部から伸びたアンテナデバイスは、衝突感知装置だ。有事には電脳を通して肉体そのものに対ショック体勢を取らせることになっている――メーカーの回答＝十分な安全確認は行われている／真偽不明。

（……流石にいないわよね、首無しバイク騎士）

蒼い目を細めて、防塵マスクの下で欠伸《あくび》を一つ。どこかの変態サイバネ改造者か愉快犯ドロイドか、それとも実在する都市伝説か――は姿を見せる気配はない。まあ、期待してもないが。

（そのうち調査依頼が出るかもね……なんて馬鹿らしいか）

欠伸をもう一つ。排気マフラーを失う代わりに、より速度あるモノとして生まれた鋭角的・流線型的車体が陽光を照り返す。

電子的に視覚に投影されたスピード表示と周囲の車体表示。車列はおとなしく回遊魚の如く流れている。世はこともなし――二輪車に跨っているとは思えない退屈なスピード。また、別件の電子的な監視プログラムからも呼び出し反応なし＝調査対象は網にかからず。

このまま一先《ひとま》ず時間通りに、定刻通りに日常に向かうしかないか……と吐息を漏らしたその時だった。

「……？」

視界に浮いた車列マップに不可思議な動きあり。

何かと思い後方を振り返れば――トビウオじみた動きで、車列を縫って進む影があった。車高の低さは知能の低さ＝ある種の伝統。自動操縦無視の違法カスタム。目立ちたがり屋。四輪駆動の流線車体から爆音が響く。警告音の意味を超えた電子マフラー――クラシック・ガソリン・エンジンに非ず＝そんな金もないか美意識もないか。

「よぉ、薄いけどいいケツだな！」

アリシアの真横に乗り付けるなり、助手席の窓を開いた男が不躾な声を上げた。四人組。無軌道学生か、それとも非企業労働者か。逆に企業幹部のバカ息子か。俺たちは怖いものなしだと言いたげに大音量で曲を鳴らし、蛇行しつつ並走しながら、周囲の車に中指を立てていた。

頭が痛い。アリシアがこの世で最も嫌う人種の一つだ。

「ＳＮＳはどれやってる？　画像データ使っていい？　モデリングに希望ある？」

網膜から収集した映像を素《もと》に３Ｄモデルを作り上げるアプリケーション――これも対人利用が不可能なようにＡＩによってフィルタリングが行われているのだが、そんな制限を外したのか。電脳潜行者《ジョッキー》が仲間内に居るのかもしれない。

「……迷惑行為よ、他のドライバーに。曲もうるさい。さっさと止《と》めて自動運転に戻しなさい」

「そいつらが電脳弄《いじ》って音を消せばいいだろ？　なあ？」

そう、蛇のように波打つ運転車内の男たちが笑い合った。聞く耳持たず、というやつか。

アリシアは溜め息とともに片手をハンドルから離し——親指を下に向けた。

「そうね。電脳弄って音を消せばいいわ」

一際の吐息と共に、先鋭バイクに跨るアリシアから青白い線が放たれた。

仮想量子線《ストレイライン》——有線的な無線接続と表現される、スタンドアロン端末への電脳接続を可能とする電脳魔導師《ニューロマンシー》の触角。ある種の視覚的な共感覚の現れ＝電脳魔導師《ニューロマンシー》以外には視認できず。

宙に描き殴るかの如く迸《はし》ったラインが、車目掛けて殺到する。

瞬間、駆ける神経パルス。内部制御装置が、瞬く間にアリシアと接続状態に置かれた。

（さて……総当たり《BFO》も芸がないし）

アリシアの片手に浮いた青白い魔導書の脳内イメージ＝自作のパスワード辞書ツール。

多くの人が使いがちな接続名とパスを一覧にしたそれは、更に分析ＡＩによって対象の趣味嗜好や生活リズム等の諸情報も併せて詳細にターゲッティングが可能な代物。

それを、あえて閉じた。

退屈な朝の、丁度いい手慰みだ。

(――ショータイムよ、オーディエンス)

ピアノの鍵盤にそうするように、アリシアの左手が僅かに動いた。

さて――クラッキングとは、なんだろうか。

それは、酷く乱暴に言ってしまうなら……人間に対してのものとそうでないものに分けられる。対象に取る相手という意味ではない。人間が故に生まれてしまう脆弱性や利便性を利用するものと、そうでないものに分かれるという意味だ。

もしも誰からもクラッキングをされたくないなら、簡単だ。それぞれのコンピュータごとに独自のプログラム言語を用い、独自のオペレーティングシステムを用い、独自のアプリケーションを利用し、完全に端末を何にも接続しなければいい。言ってしまうなら、完全にバベルの塔が粉々に粉砕されきった世界だ。個人ごとに全く言葉が通じないその世界では、誰からも会話で情報を引き出すことができないだろう。

だが、それではあまりにも不便が過ぎる。

基本的にコンピュータとは、人の生活を助けるものだ。助けとなるべく生まれたのだ。

例えば補助電脳《ニューロギア》が、狂犬病ウィルスの変異体に由来する深刻な中枢神経系障害を引き起こす病への対策として搭載が義務化されたように――コンピュータがあるのには、理由がある。

人間が用いるための必然的な利便性。

それは、アプリケーションの開発に共通の言語を用いることであり、或いは異なるオペレーティングシステム同士を繋ぎ合わせるアプリを作ることであり、入力の手間を減らすためにパスワードを記憶することであり、煩雑な管理者承認を簡略化して実行可能にすることだ。そんな、人に対して向けられた利便性由来の穴を突くのがクラッキングと言えた。

クラッキングとは、人間抜きでは語れない作業なのだ――さながら探偵と同様に。

同時に――人に由来するわけではない穴を突く方法も、ある。

まさに今アリシアが実行しようとしているのは、その、後者の側だった。

（そ・れ・じ・ゃ・あ……あなたの声から聴かせて貰おうかしら？　ねえ？）

上機嫌に鼻を鳴らすアリシアが目を細めるとともに、更なる仮想量子線《ストレイライン》が迸る。

それは探偵というより、さながら怪盗のように。

仮想量子線《ストレイライン》が運転席のタッチパネルを撫で、同時、ボンネット奥の車載コンピュータにも青白いラインが伸びる。仮想量子線《ストレイライン》からの微量な放電――タッチパネルの接触条件を満たすと同時、内蔵制御装置の周囲にも不可視の電磁的な揺らぎが発生する。

機械である以上、電気が用いられている以上、コンピュータ上での処理に伴ってどうしても電磁波は生まれてしまう。電脳魔導師《ニューロマンシー》の触角＝仮想量子線《ストレイライン》は、それすらも拾うことができる。

内部制御装置を高価な光演算システムや量子演算システムに置換されていた場合はこうも上手くは行かないが、そうでない限りはこのような物理的な電子盗聴も可能なのだ。

（ふぅん？　あなたには、こんな風に世界が見えてるの？　かわいい言語ね）

それは、外部操作に伴ってコンピュータのどの部分が活性化するかを確認する技であり、そして処理でどのような波長が生まれるかの解析だ。コンピュータ外で行われる刺激に対して、彼らが内部ではどのような言語に翻訳して処理しているのか、を確かめている。

片手の魔導書が、アリシアの電脳内に住まわせた情報処理アプリケーションが、接触に伴う差異を次々に記憶していく。無効箇所への接触、戻るボタン、実行ボタン、ナビゲーション操作、電脳との連動――……無論、操作に応じるコンピュータ側からのタッチパネル画面に対するレスポンスの電流は、すべて仮想量子線《ストレイライン》からの放電により意味不明に乱している。

電磁観測的な暗号化キーの取得。

古来より存在しているそんな古典的な方法を乱すためには、ランダムで無意味なプログラム文字列を交ぜるか、電磁遮断を行うか、電力消費にブラフを噛ませるか……どれも、素早いレスポンスが求められる乗用車には不向きだ。そう、また――そんな速度と追従性という車としての利便性のために、当然ながらセキュリティというのも相応のものにならざるを得ない。

　これは同時に、人間の求める利便性を突く方法と言えるだろう。

　そして――アリシアの最終目的もまた、それと同じだった。

（……よし。オーケー、貰ったわ。あとは、あなたのミドルウェアを利用するだけ）

　人体の管理者たる補助電脳《ニューロギア》と、車体の管理者たる制御システムに用いられるオペレーティングシステム――ハードウェアを効率的に操作するための機械語の翻訳家のような存在――はそれぞれ異なっており、プログラム言語もまた別だ。だが、補助電脳《ニューロギア》は人体に対しての『管理可能な管理者』であると同時に、ブレイン・マシン・インターフェイスのようにモノのネットワークに介入して、頭で思うだけで機械を操作可能にするための装置だ。

　つまりこうして連携操作を成り立たせる車体と電脳の間には、異なる言語が互いを繋げるための新たなる翻訳機も存在している。

　それを、書き換える。遡る。本来はヒトが車を操るための通信経路を通じて、ヒトの補助電脳《ニューロギア》に対して車から介入するための道を作り出すのだ。電脳上で車の状態を監視するためのフィードバック機能を悪用して、違法なプログラムを書き加えて実行させてやる。

　なお、そうするにも、理由がある。

（アンタたちなんて下品でアッパーな人間と繋がるのは願い下げよ。生憎と、乙女の電脳は安くないの）

　補助電脳《ニューロギア》同士の直接接続には、ある問題があった。

ミラーニューロンの誤作動とも言われているし、或いは隠された人間の種族的特性とか、実は人体は一繋がりになるべくして生まれたものだなんて言説もある。

現実的には――自分自身の思考を通じて、その思考が生まれている脳を操るなんて離れ業を行うためのアプリケーションとシステムの不具合であろうか。

まず、アナログな生体電流をデジタルの機械処理に変換する過程で用いる復調変調機というのが補助電脳《ニューロギア》システムには搭載されており、そして補助電脳《ニューロギア》は大きく分けて、脳波の感知装置と――脳自体に対する制御装置の二重構造をとっている。

ここで、他のアナログな電気や光などの通信に接続する際に――まず、利用者自身の復調変調機を使用してしまうのだ。それが齎《もたら》す、摩訶不思議なフィードバックと呼ぼうか。

つまり、要するに――引き摺られるということだ。

相手の感情・状態・思考……程度はあれど、それに同調してしまう。そんなリスクを負っている。さすがの電脳魔導師《ニューロマンシー》といえども、仮想量子線《ストレイライン》の電力供給能力――過電流の供給による機械破壊や脳組織破壊以外で人を殺したり壊したりするのは、よほどの凄腕でなければ困難であろう。そうした瞬間に、自分までそちらに連れていかれてしまう。

だからアリシアは、基本的にはこのように間に噛ませることを好んだ。

そして、

（さて――ビンゴ、読み通りよ。遵法意識と同じぐらい、セキュリティ意識も緩いのね）

車載の電脳連動装置を遡って、彼らの補助電脳《ニューロギア》へ作ったルート。

そこでも――ああ、やはりこれも利便性の罠だ。

通常ならあるはずの複数認証がない。補助電脳《ニューロギア》という管理者が、つまり人体への影響を齎してしまう装置が故にアプリケーションやプログラムを簡単には実行させないために設けられた導入制御・認証システム――リラックス状態感知や位置感知や電力消費感知などとの連携を、自動で眠らせるためのアプリが彼らにはすでに導入されていた。

大方、それらのセキュリティを邪魔で面倒と考えているのか。違法改造車に乗る人間には似合いの認識力だ。

結果、大仰な鍵付きの門から入る必要もなく、家主がわざわざ作った勝手口からの侵入が叶う。アリシアの補助電脳《ニューロギア》の回転数はさして増えぬそのままに――すでに自作している補助電脳《ニューロギア》用のプログラム言語翻訳機を通して、彼らの電脳情報が書き換えられていく。

そして、溜め息を一つ――――生体電流を超えた思考速度が齎す加速思考領域は、ここまですべての思考も処理も、ものの数秒も要していなかった。

ぱちんと、指が軽く弾かれる。

「……口は災いの出口、ってね」

片手放しの、地面に向けた親指を戻す。

その――途端だった。

「え……？　え？　なんだよ！」

蛇行を取りやめ突如として速度を緩め始めた愛車に、無軌道ドライバーが困惑しながらアクセルを踏み込む。だが、速度は変わらず下がっていくだけだ。安全速度域まで。絶対に上がりようがない。そうプログラムを書き換え直した。彼らの電脳の方をだ。

もう絶対に、彼らが車と同期する限り、どんな車だって制限速度を超えることはない。そんなプログラムが彼らから車へ流し込まれるように細工した。彼ら自身がウィルス元になったというわけだ。

外部制御受信装置は取り外されてしまっているのか、広域自動運転に復帰させることはできなかった。流石に物理的に存在しない機能を補うことまでは電脳魔導師《ニューロマンシー》にも不可能だ。

代わりに、また彼女は指を弾き、

『焼きたてのポップコーンはいかが？　焼きたてのポップコーンはいかが？』

威圧感を高めるための違法改造電子マフラーと車内スピーカーが、実に間抜けな音を立てる。ダウンロードした音声をまぜこぜにして即興で作り上げた。いい気味だ。

「なんなんだよこれ！　だせえ！　うるせえ！」

「さあ……電脳弄って音を消せば？」

そう肩を竦め、車体を傾ける。湾岸部に続く道と枝分かれし、アリシアの都市鴉は市街地に向かっていった。

◇

◆

◇

ぷぅん、と軽々しい音を立てて配送用ドローンが飛翔する。
路上に駐車されたコンテナトラックはその荷台を展開し、無数のドローンが離発着する
それはさながら空母めいている。
連なる企業のビルたちや個人商店はダストボックスのような配送箱を社外に取り付け、
判別代わりの緑ランプを灯している。
いつもの駐輪コンテナに停車させた愛車のキーを放りながら弄《もてあそ》ぶ。
ビルの全面ガラス窓はスクリーンとなり、観光地の風光明媚な光景を映し出す。或いは
――はたまた、自社製品の広告を。
近くのアプリケーションコインロッカー――認証機能を位置探知機能と連動させた安全
なアプリケーションのダウンロード場所――には人が賑わっているし、街頭ドロイド案内
人は、眉目秀麗の男女や老人の姿で街並みを見回している。
(今時、お巡りさん……ってのも流行らないだろうけど。……はぁ)
配達母艦を尻目に道を歩くアリシアの視界に、キャミソール姿の女性の姿が投影された。
背後の街並みに被さるように空中に同じ顔の女性が幾人も正面や背中や側面を見せて並

んだかと思えば、すぐに別の洋服に切り替わった。足の長いモデル。実に資本主義的な都市幽霊。

広告区画に足を踏み入れてしまったためか。サブスクリプションでの広告非表示プランに申し込まない限り、この区画では広告が表示され続ける――企業担当者からのエクスキューズ＝直ちに生活に支障は出ず、移動という隙間時間に確認できて実際効率的。

近くを歩く男性が、弾かれたように足を止めて空中を見上げた。

一体、何が見えたというのか。

そのまま戸惑いがちに辺りへと手を伸ばしているあたり、ただ単にこのような広告表示に慣れない――開発の進まぬ企業統治ブロックの出身なのかもしれない。何らかの用事や取引で上京したのだろうか。

そう思った途端に――空中で巻き起こる爆発。

敵機を撃ち落とし、そのまま上空を通過していく最新鋭の人型装甲機械《アーセナルコマンド》。或いは宙を漂うエンシェントドラゴンや、うっとりと向かい合ってから抱き合う男女。新作の映画の紹介だろうか。広告が重複しスクランブルエッグのようにごちゃまぜにされながら、現実ではそこに存在しない寸劇が繰り広げられていた。

（――邪魔よ、もう）

指を鳴らすと同時に、ホログラムめいた広告表示が掻き消える。雑踏から、人も幾人か掻き消える。それも広告だったのか、それともヴァーチャル通勤体験だったのかもしれない。在宅ワークの気分転換にそういうのをする人も出てくると何かで聞いたことがある。

脳波操作モデルの義体よりも廉価で一般的な代物だと。

機能的に整って、機械的に美しく、規範的に清らかな都市。

実に結構な世界だと皮肉気に頷く。イミテーションとヴァーチャルに溢れた世界。一見平和そうで、秩序立っていて、何事もなく回る楽園――見せかけの。

そんなことを気にもしなさそうに歩く人々の群れ。

異を唱えることもできず、立ち向かえる訳でも塗り潰せる訳でもない自分。

これからまさしく、そんな憂鬱《ゆううつ》さを象徴するような日常のイベントが待ち受けている
――と溜め息を漏らしそうになったそのとき、脳内に通知音が鳴った。

「……ふん、かかったわね」

得意げな笑みを浮かべた直後、アリシアはキーを片手に踵《きびす》を返した。

わたしの船――ではなく渡りに船とはこのことか。

仕事の時間だ。そう。優先事項の時間なのだ。

◇
◆
◇

ホワイトエリアと称されるその区画において、企業共同統治法によって企業間での武力闘争は固く禁止されている。このネオチヨダ・ブロックもまた例外ではない。

既に代替わりが進む国家支配から企業支配への変遷において、元来の国家公務員に当たるのは企業構成員であり——執行官《クロイヌ》と称されるそれらが、企業統治エリアの公務を担っている。

とはいっても貴重な正社員であり——今や国家が教育というコストを支払えなくなった社会においては企業からの費用持ち出しになってしまう——質が高められることはあっても、だからこそ、雑多な仕事には使いたがらない。

そんな点もカバーするのが、事件屋《ランナー》という職業である。

そして、

「雑魚どもが……お前ら素人にやられるかよ」

そんなネオチヨダブロックの中での、イケブクロ植民区画を駆ける男が得意げに笑みを零した。

ここはアダチ廃棄街などのようなスラム街というほどではないにしろ、ホワイトエリアに含まれていない二級都市や三級都市からの許可旅行民がそのまま不法滞在する区画である。いつしかホワイトエリアに属しながら、ネオチヨダ・ブロックの中でも彼ら二級市民たちの植民地扱いをされて忌み嫌われている。

紛れ込んでしまえば、身を晦《くら》ますのも難しくはない。つまりは、彼の勝ちはもう決まったも同然だ。

「へっ……馬鹿どもが。まんまと釣られやがって」

男は、そう嘲り笑う。

保釈犯なら、大方は拘留中の憂さ晴らしのために歓楽街などに向かう。こんなドブ臭い場所には来ないだろうと思われているに違いない。

そう得意げに胸を張り、地面に店を広げた行商人の満ちる表通りから、碌《ろく》に整備もされず罅《ひび》割れた装飾ネオンライトに彩られた店を曲がり、低俗なグラフィティ・アートに満ちた路地裏へと足を運ぶ。

イケブクロ植民区画の不法滞在二級市民たちは、ホワイトエリア出身のいわゆる一級市民には干渉しない。むしろ、それが身分偽装した執行官《クロイヌ》や保安官《アオイヌ》で不法滞在を咎められやしないかと怯える面が強い。元三級市民ながらもホワイトエリア暮らしが長い彼は、得意げに周囲を見回し、

「そ。――そんでアンタは誘導されてたってこと」

若猫のようなツンとした美貌の少女が、そこにいた。

クラシカルなトレンチコート。その下の黒を基調とした軍服じみたスクールブレザーを着用した彼女は、到底が戦闘用や仕事用の服装とは見えない。

やれやれ、とアリシアは吐息を漏らす。

基本的にこの手の仕事はあまり受け付けてはいないし――自分の職分の管轄ではないと思っているが、手隙の上に簡単な仕事というなら別に受けぬ道理もない。

幸い、武装許可証を持っているアリシアは荒事もできる。

しかし、その許可の下の拳銃を抜くこともせず、彼女は腕を組んで通告した。

「保釈規定の違反によってアンタを拘束するわ。神妙にお縄に付きなさい？」

仮釈放中の脱走犯とは要するに、賞金首《ターキー》だ。

裁判前や入所前に一定の金額を納めていくつかの書類にサインすることで、いくらかの規定と引き換えに拘束を受けずに出回れるようになる。そしてその保釈期間中の指定エリアからの脱走について懸賞がかけられる。それは保釈保証金の立替サービスを行った保険会社から支払われるものや、或いは統治企業からのものである。

この男も、そんな賞金首《ターキー》の一人だ。

腕の長い筋骨隆々としたモヒカン。

雑魚や三下を意味するそのファッションを意図的にやっているのは、なかなかの反骨精神かそれとも自己顕示欲の表れか。

今日はよくそんな人種に出会うな、と内心で吐息を零す。

「へ、へ……ちょうどよかった……もう一週間もできてなくてさぁ……まさかこんなオナホ女を送ってくれるなんて気が利いてるな……」

ニヤニヤとアリシアの豊満なバストを眺める、欲を孕《はら》んだ黄緑色の男の目付き。爬虫類《はちゅうるい》を思わせる冷たいそれが強欲なサルのように歪《ゆが》んでいくのに、アリシアは内心で深い吐息を漏らした。

荒事をしていると慣れっこだ。大体、この手のくだらない侮辱を投げつけられる。日常のセクハラならいざ知らず、仕事中に心を乱すアリシアではない。

「ブチのめして、ブチ込んでやるからな……ぐちゃぐちゃに快楽漬けにしてやる……！」

「……もう既に不快漬けにされてますけど？」

金髪を揺らして肩を竦めるアリシアの言葉にも構わない。

むしろその矮躯《わいく》に似合わぬ高慢さが余計に彼の劣情を刺激したとでも言いたげに、男は目を獣の如く剥《む》いた。

「素手だって舐めるなよ、乳デカ小娘……何も気付けねえうちにノックアウトしてやる……！」

その両拳が構えられる。

罪状——暴行、傷害、過失傷害。恐喝。

腕に多少の覚えがあるチンピラの見本市のような罪ばかりだ。

無改造レギュレーション拳闘ショービジネスのランカーだった男は、チャンピオンという器でもなく余計な騒動を繰り返した。そしてそのまま、堕ちるところまで堕ちたというわけだ。

（ホンット、程度が低いわね……骨の二・三本くらいは覚悟して貰《もら》おうかしら）

銃も抜かず、緩やかに腰を落とす。

ちょうどいいお灸になろう。体格にも劣った見下した小娘に叩きのめされれば、相当に堪《こた》えるはずだ。アリシアの溜飲も下がるし、被害者たちの分の意趣返しにもなる。

彼の被害者は多くが女性やカップル、中には十歳にも満たない子供もいる。

――懲らしめてやる。

そう思って、ズカズカと歩み寄る男といよいよ接敵するかという――そんな瞬間だった。

「……威勢のいいことだな。同じことを私の前で言えるかも、問いたいところだ」

落ち着いた声と共に路地に顔を出した白髪眼帯の青年。

無駄なく整った長身を瀟洒《しょうしゃ》な黒衣に包んだその姿は、到来とともに風が吹き抜けるような涼やかさすら錯覚させるほど。

鈍く光沢を放つ軽防弾性のジャケットは、どこぞの高級店製か。クラシカル・ガクラン・スーツを連想させるそれは機能性とデザインを両立させており、だからこそ裏路地には似つかわしくない。

モデルのような青年。

それでも付き纏う剣呑《けんのん》とした独特の気配。

アリシアと脱走犯を挟むような位置取りで現れた――同業者。

（二重契約!?　いや、コイツ――）

仮釈放中の脱走犯はネットワークを通じて広域に手配される。あとは早い者勝ちの世界だ。今回アリシアが被害者から直接契約されているだけで、むしろ、彼女の方が珍しいと言えた。

それより――青年の手の内で、鋭い光を放つ片刃の長刀＝オニムラ製二一式高周波刃。サイボーグの装甲さえ斬断するそれは、どう考えても生身相手に加減して用いられるものではない。

「……もしかして、アンタ殺す気？」

「私としては斬りたくないと思っているが、斬れと頼まれたからな。首、もしくは手足を落とすつもりだ。どちらでも構わんがな」

「アンタ……」

生死を問わずの手配も珍しくないが、今回の事件に関しては別だ。

中には賞金の目減りも構わずにそういった短絡的で省略的な解決を目指す事件屋《ランナー》も存在するが、その身なりからは青年がそちら側とは到底思えない。

その瞬間、アリシアの脳にある閃きが走った。

「まさか……全部初めから!?」

呟くアリシアへ、眼帯の青年は涼しげな表情を変えない。

代わりに逃亡犯《ターキー》が、勇ましく声を上げた。

「なんだってんだ？　おお？　二人同時でも構わねえぞ」

「黙ってなさい。……アンタは自分で逃げたつもりかもしれないけど、まんまと嵌《は》められたってことよ。……そういうことか。よっぽど恨まれてるみたいね」

どうしてこんな男が保釈金を払えたか疑問だったが……弁護士《テンビン》を通じてその手の支払い代行保険サービスに登録していたのか、と考えていた。だが、違ったのだ。

どのようなルートにしろ、あえて彼に保釈金を支払う。もしくは審査を融通する。そして仮釈放の条項を——特定区域内での移動制限やアルコール・電子取引・株取引等の違反条項を犯させる。その違反を押さえようとした保安官《アオイヌ》を振り切り逃亡させる。

そうして強制力の行使の大義名分を得た上で、法的に潔白に男への復讐を行う。

そこに、アリシアがブッキングした。

被害者の一人は男を殺そうとし、被害者の一人は男を捕まえようとした。互いに打ち合わせもしていないので、その結果がこれだ。

「アンタ、退く気は……」

「私がいたずらに剣を抜くと見ているなら、大した観察眼だ」

白刃を片手に緩やかに微笑を浮かべる眼帯の青年とは対照的に、アリシアはその美しい眉を顰《ひそ》めた。

（コイツ……相当の業前《ワザマエ》……）

銃の携帯も可能、機械化すれば更なる大型拳銃の携行も可能、果てはパワードスーツやサイバネティックスや人型機動兵器もあるこの世の中において、その武装は腰に差した二本の刀のみ。

そういう手合いは、大抵が凝り性《アーティースト》だ。

背筋を冷汗が伝う。無意識的に周辺の索敵――接続可能な補助電脳《ニューロギア》の探知――は欠かしていないつもりだったが、如何にしてそれを潜《くぐ》り抜けたのか。

もう、アリシアの注意は逃亡犯《ターキー》からその青年へと完全に移った。

彼はまだ碌な構えすら取っていないが、その白刃が緊張感として降りかかる。

どうすべきかと考えた、その瞬間だった。

（――っ、煙幕!?）

目と鼻を痛烈に刺す白煙。瞬く間に冷汗が肌から滲《にじ》み出て、それすらも強い刺激を伴う。

催涙弾の一種だが――男にも青年にもそんな動きはなかった。

「賞金はオレがいただきだ！　下がってな、馬鹿ども！」

六連装グレネードランチャーを片手にした浅黒い肌の刺青《タトゥー》の男。

もう一人の闖入者《ちんにゅう》——今度こそ賞金稼ぎ。彼の手の内でグレネードランチャーの弾倉が回転し、次々と催涙弾が放られる。路地は、瞬く間に白煙に包まれた。

そして、

「……オイオイオイオイ、なんでいねえんだ？」

しばし周囲を見回してから、ガスマスクをつけた男はそう首を傾《かし》げた。

リボルバー式のグレネードランチャーと、その腰の電磁警棒。片手は手甲に覆われているが、完全にサイバネ化がされていない——その度胸がないか、金がないか、美学があるか。

少なくとも三番目には思えない男に対して、周囲のエアコンの室外機を過剰回転させて煙を吹き飛ばしたアリシアは——

「……っ、何考えてんの!? よりにもよってガスをバラ撒くなんて……最悪じゃない！」

「あ？」

彼女の叱責に、浅黒い肌の男が眉を上げる。

だが、構うことはない。

「ターゲットの改造履歴は見てないの？　ヤツは素手格闘競技《ナットボックス》での違法改造者よ。バレないように目と肺だけサイバネ化してた。こんなのアイツには何の影響もないわ。アンタがやったのは、見ての通りまんまとアイツに有利な状況を作ってやるだけ。全然冴えた手なんかじゃない」

「んだと……」

「大方それで競合を出し抜けると思ってたんでしょうけど、結果はこのザマよ。それにここは病院近くよ？　民間人に被害が出たらどうする気？　アンタにその被害額を払えるの？　企業からの損害賠償が何を意味するかわかってんの？」

「それは……」

「別にアンタがどうなろうと、なんだっていいけど……得意ぶるわりには、プロ意識が足りてないいんじゃないの？」

　取り逃がした苛立ちと、簡単に拳を振るうような危険人物をむざむざと野放しにしてしまった憤りを合わせてアリシアが告げた言葉に、日焼け肌の男の眉がぴくぴくと動く。

「黙って聞いてりゃベチャクチャと……乳だけデカい小娘が吠えるんじゃねえよ。態度も乳に合わせたってか？　立場が分かってんのか？　テメエも碌に動けねえだろ」

「……フン。お生憎さま。大きかろうがそうでなかろうが、アンタみたいな下衆《げす》に触らせる予定はないからどーぞご心配なく」

「予定はない？　いいや、今だぜ。よくも吠えやがったな……ひん剥いて裸にして街灯から吊るしてやる！」

　ムカデの外骨格めいた手甲で覆われた右手を振りかぶって、男が地を蹴る。

一直線にアリシアを目指し、

「────ガっ、!?」

勢いのそのままに一回転し、コンクリートに打ち付けられた。

「サイバー・アイキよ。聞こえちゃいないでしょーけど。……フン、あたしが意味もなくベラベラと話すと思う？　回復の時間を稼ぎたかっただけ。あたしの話に付き合っただけアンタの不利なの。どーもご清聴ありがと、この最低男」

パンパンと手を払う。

こんな程度の低い人間に触れたことさえ忘れたい気分だ。

催涙ガスによる生理的な刺激信号を遮断する間に、よりにもよって気にしている身体的特徴を何度も何度も……これが仕事でなければ叫びつけたい気持ちになる。

好きで大きくなったわけじゃない。蒸れるし、揺れるし、かわいい服は着れないし、視線が煩《わずら》わしいし……あと胸が大きな女はスケベだとか、常にエロいことを考えてるとか、性的な好奇心や欲求が高いとかの風評を受けるのがたまったものではない。そこまでではないのに。失礼だ。……そこまでではない。むしろ極めて清楚と言っていい。貞淑で弁《わきま》えていておしとやかで真面目なのだ。真面目なのだ。……何よ。オーケー？

そして改めて追跡を開始しようとした、その時だった。

「……プロ意識、という意味なら君も疑問だな」

「え？」

意外にも、それまで口を噤《つぐ》んでいた白髪の青年からそんな言葉が投げかけられた。

彼も、邪魔をされた側だ。そしてその立ち振る舞いからするに、職務意識は高い側に見えた。

てっきり自分と同じ側だと思っていた青年からの――静かなる叱責。

「聞きたいが、逃亡犯《ターキー》を捕まえるのは裁判のためか？」

「……なによ。そうでしょ。私刑は禁止されてるわ」

そこは、国家支配から企業支配に移り変わろうと変わらない。私人《しじん》間での正当性のない暴力は禁じられている。だが――

「司法に意味があると？　かつての国家たちが今まさに滅びに瀕し、企業家たちが主となったこの都市で？　実現されている法と、法というものの理念と、正義と現実の意義をどう考えている？　裁判員《ハヤブサ》のバッジに権威以外の意味はあるか？」

「それは……」

「懲罰金返済の強制労働は？　戦争株配当によって企業私有地への不法立ち入りとして拘束される住人達は？　補助電脳《ニューロギア》の制御機能障害で、人格に損傷が出た事例を知っているか？　あの裁判はどうなった？　オニムラ・インダストリーは非を認めたか？」

「……」

　ゴルトムンド・ロット訴訟事件——ある製造ロットの補助電脳《ニューロギア》に重大な欠陥が存在しており、搭載から十数年後に発覚したという事件。今も新たな被害者が発生している重大案件であるものの、製造元のオニムラ・インダストリーに賠償判決は下らなかった。残る三社の超巨大企業と別件で何らかの取引や譲歩があったのか、避けられなかったやむを得ない過失として扱われてそのままだ。被害者の補助電脳《ニューロギア》の摘出費用補填は認められたが、新たな補助電脳《ニューロギア》の購入費用と交換手術費用は彼ら持ちで、高額のリハビリ費用と共に未だに障害に苦しむものもいる。

　社会を信じぬ——いや、より強く、社会に一切の価値を置かぬ無頼漢の瞳。

「……暗闇に踏み出す歩みと、盲目なるままの進みに区別がないなら構わないが」

　吐息と共に向けられる、あきれたものだと言いたげな眼帯横の金色の片目。

「……単にルールだから従っている、というなら私も興醒めだな。アリシア・アークライト……話には幾らか聞いてはいたが、実のところただの頭でっかちの学園生の小娘か。お前と争う意義は感じられない」

「なっ——」

　完全に上からの物言い。

　曲がりなりにもアリシアが持っていたプライドが無遠慮に刺激される。

　だが、

「感情に任せて攻撃しない、というならその男よりは見上げたものだろうが……競合他社を実力で排除する、というのはむしろ一定の判断としては頷けるものだ。より事件屋《ランナー》らしいのは、果たしてどちらだろうな？」

「っ……」

「……お前の、事件屋《ランナー》としての根はどこにある？」

軽蔑じみた言葉とは裏腹に、落ち着いたまま動かない表情。

咎められているのか、彼がただ問いかけをしたのかもすぐに判別できないほど。

そうして、受け止めた言葉をアリシアが咀嚼《そしゃく》するまでの間で――

「……では、私はこれで失礼する」

言うだけ言った彼は、当たり前のように踵を返した。

「それと学園生なら、シャツは第一ボタンまで止めるべきでは？　……ルールを謳うわりにはルーズなのか、君は？」

そんな、余計な一言を残して。

◇
◆
◇

【仮想量子線《ストレイライン》】［名詞］Stray-line

電脳魔導師《ニューロマンシー》が有しているある種の触角＝共感覚ヴィジョン。

それはおおむね青白いラインである、と彼ら彼女らは表現する。彼ら以外には共有されない、選ばれた孤独な線。

この架空線は、彼らの意のままに発現し——意のままに操作される。

有しているのは電流・電波の放射技能。これを利用し、スタンドアロン端末との通信の確立……或いは過電流の供給により機械をショートさせることや人体そのものに損傷を与えることも可能であるし、他に、電源と引き離された装置の起動を行うことも可能。また、そのラインに接触した電子・光子に対する認識能力も兼ね備えている——とされる。

◇◆◇

——カルーセル私学園。

それは、統一企業法下での義務教育完了後に就学可能な学園だ。

かつての大学校や高等教育学校というよりは、企業におけるマネジメント能力の育成を謳っている——つまりはコミュニケーション能力を有するゼネラリストの育成を主目的にされているものだ。それ故に入学に関して高難易度の試験をパスする必要があり、つまり、年齢ではなく、学力による就学制限と言っていい。

国家支配から企業支配に切り替わったが故の、選択と集中――その表れのような学び舎。学門からすぐに広がる大噴水の傍《そば》を行きかう学園生は、実に様々な年齢層で形成されている。中には初老の男性もいるし、かと思えばあまりにも年若い少女もいる。

言えるのはいずれも揃いの制服に身を包んでいることで――それもブランディングだ。その学園生ということが、上級企業構成員の要件として不可欠のキャリアを表す以上、ある種の軍隊めいて制服そのものにも意味があるのだ。

就学保証金という形で違約金条項まで背負って手に入れる制服を――しかしその免除を示す成績上位徽章《きしょう》を胸元に付けたアリシアは、儚げな美少女のような微笑を浮かべていた。

なお、

(何が『失礼する』よ、あのド失礼男！　ネチネチネチネチネチ嫌味ったらしく……！　腹立つ腹立つ腹立つ！　うるさい！　もうっ！　なんなのよ！)

内心はブチギレ丸である。

輝かしい学園にストレートで入学して専用徽章も受け取りつつ、授業には顔を出さずに荒事ばかりの事件屋《ランナー》を務めているのは、アリシアなりの企業支配への反骨だ。

今回だって、企業のお偉方の講演だのなんだのがあると聞いて、渡りに船で仕事を入れた。事件内容的に無視できないと思ったのもあるし、そんな奴らの蔓延《はびこ》る社会を作った企業連中への意趣返しもある。

そして、すっきりと仕事を終わらせて憂さ晴らしにもなると思っていたのに――

「アリシアちゃん……大丈夫？」

「体調悪いなら、無理しない方がいいぜ」

そんな気も知らず、心配そうな面持ちを向けてくる男女の同級生。どちらもアリシアと同じ年の頃で――義務教育後ストレートの六回生だ。

こんな学園でその称号を持てるのは、親がよほどの企業家か学力優秀か。

その両方を背負った彼ら相手に――

「うん……ごめんなさい、心配させてしまって。昨日、少し、よく眠れなくて……」

実に儚げで控えめで病弱そのものな少女、といった様子で胸の前で手を握る。

善良な二人は、それにすっかり感化されたらしい。……それともアリシアが役者だったというのか。芸術表現と言えば、幼少期にピアノをしていたことしかないが。

「あ、だったらいいアプリがあるよ！　すっごくよく眠れるし、夢もいい夢を選べるの！　映画の内容だって拾ってこれるし、もう、寝るのが私楽しみで――」

「なんかそれ、起きた後に疲れねえの？　もっとこう……シンプルな睡眠管理アプリの方がよくないか？」

完全な善意そのものの視線に、内心苦笑する。

「ごめんなさい……わたし、電脳アプリはちょっと怖くて……」

「あー、確かにわかるな。だってなんかウィルスとか仕掛けられてたら……って思うもんな。寝たまま起きられなくなるとかさ」

「えー？　大丈夫だよ。ちゃんとセキュリティがあるんだから！」

「セキュリティって言ったって……だって電脳クラッカーとか居るんだろ？」

そう肩を竦めた彼は、手にしているペットボトルを天に透かすように眺めた。

透明の液体が入ったボトルを包む清涼感のある青いラベルには、ロゴの他、小人が使用するチェス盤めいた白黒ドットの平面的コードが大きく印字されている。

文字通りの――フレーバーテキスト。

「オレ、聞いたことあるぜ。こういうコードを差し替えて危険ドラッグにしたトラップドリンクを店に並べてるやつがいるって。飲んだらアウトで、電脳がドカン……みたいな」

そういう、まことしやかな都市伝説が囁かれるのもこれらの「健康的飲料」の仕組みによるものだろう。実のところ、この中身は何の変哲もない水なのだ。余計なカロリーも化学調味料も着色料も無縁な正しい意味で健康的な飲料。それを電脳上で味付けしている。

白黒チェックのマークめいた平面的コード――二次元マトリクスコードと呼ばれるそれは、その四角の中にドット打ちで記された白と黒の並びは、れっきとしたプログラムコードである。どこに何があればどういう意味になるか――と共通のルールの下にドットが配置され、それを特定のアプリケーションで読み込むことで意味を持ったコードとして再生される。

電脳欺瞞的な、つまりはこの世界の真実的な「健康的飲料」。

大半の「健康的飲料」は購入と同時にコードがアクティベートされ、専用のアプリケーション下で特定時間分のみフレーバーが作動する。

これほどまでに容易く脳を誤魔化せる社会を思えば、彼の懸念はある意味もっともであろうが……

「そのアプリにそこまでの干渉権限は存在しないからね？　コードって言っても、万能じゃないんだよ？　メーカーが設定している以上の機能は持てないの。そういう危ないことをさせたいなら、それ専用のアプリがないと無理」

何よりも少女の言葉が真実だ。マトリクスコードも万能ではない。特定のアプリでのみその白黒は共通のルールを以ってデコーディングを行うだけで、それ以外にとってはただの白黒モザイクにすぎないのだから。

「いや……そこはほら、このコード自体にそういうアプリのプログラムコードを載せて、インストール機能を付ければいいじゃんかよ。電脳はルール無用だろ？」

「それ偏見だから！　ちゃんと原理を分かってれば、そんなことは起きないって判るよ？　私たちのアプリは、不随意運動とか深層領域まで干渉できないの。脳波処理アプリで承認できるのは感覚器とか運動用に関する動作プログラムまでだけ！　医療的な専門の機材を繋がない限りは、そういう領域に繋ぐのは原理的に無理なの！」

声を怒らせる明るい茶髪の彼女は、情報処理系の企業員の家庭で育った娘だ。

まぁ——と、内心でアリシアは頬を掻く。確かに彼女の言葉は正しい。脳というハードウェアに干渉するためのオペレーティングシステムを搭載したのが補助電脳《ニューロギア》だが、そのオペレーティングシステムを脳波で操るには、また別のアプリケーションが必要なのだ。

そこにある機能制限。権限制限。

本来なら専門の機材も使わずに脳波由来で自己の中枢神経系を操作できないし、そこに強く作用するアプリケーションの実行もできない……が、躱《かわ》す方法は色々とあるのだ。アリシアは知っている。特に——電脳魔導師《ニューロマンシー》は、自分の意思で直接的に補助電脳《ニューロギア》に干渉できる。つまり、前者の制限なんてあってないようなものだ。やろうと思えば、いつでも自分の心臓さえ止められてしまう。

「必死すぎだろ……これだから専門関係のオタクっ娘《こ》は……」

「ちーがーいーまーすー！　私は電脳潜行者《ジョッキー》とかハッカーじゃないですー！」

「いや、話し方から何までそうだろ……」

「花咲く乙女を捕まえて何たる言い草！　許せん！　今お前は全乙女を敵に回した！　ノンデリ死すべし！」

「乙女って……」

苦笑を浮かべる彼が、校舎と校舎を繋ぐ長廊下に目をやった。

空中に延びた渡り廊下のその窓のうちに歩くのは、幾人かの少女――。

一人。あまりにも豊かで長い――深窓の姫君のそれのように、床に届かんばかりのカーキ色に近い金髪の、淡色の髪の美人。物憂げで長い睫毛《まつげ》と、細身ながらに豊満な身体《からだ》つき。

静かなる森の奥の古塔にて書に囲まれた憂鬱で幻想的な美貌、と称すべきか。

本を胸元に抱えて歩くその美女と美少女の間の年齢の女性は、アリシアの一回生上。

曰く――

「星の図書館の娘《エルダーアステリア》……せめてカレン先輩くらいじゃないと、乙女とはなぁ」

絵本の扉絵から現れたような幻想的な美貌。下級生女子を連れ立って歩くその姿は神に仕える修道女たちの集まりのようであり、或いは、男子禁制の秘密の花園めいている。一日の大半を物静かな図書室で過ごす彼女がそうあだ名されるというのは実にもっともであり、その生来の読書家である面も含めるならこれ以上ない――という呼び名だろう。

今も、詩集について取り巻きの少女たちと言葉を交わしているのだろうか。

「ああいう人よ、ああいう人。ああいうのを乙女って言うんだ。機械言語とか玩具いじりとかじゃなくて、詩集と童話と文学――って感じじゃないと」

「今の差別発言保存しましたー。ネットにあげまーす」

「やめろってオタクっ娘!?　燃やすな!?　カレン先輩を見習え！」

どんな本の一節でさえ諳《そら》んじるだろう廊下のあっちの彼女は、騒ぎすぎた少女を柔らかな人差し指で窘《たしな》めていた。確かに――絵になるだろう。

だが、

『……ご苦労様、カレン。ところでその猫、重くないの？』

『お互い様でしょう、自称・病弱。その病とは怠け癖？　それとも飽きっぽさ？　だらしなさかしら？　ああ――構い過ぎる動物虐待はご存知？　警戒心に殺されないように保護している猫に、好奇心という住まいを与え過ぎではなくて？』

『……うっさい』

短波通信。首の後ろ、補助電脳《ニューロギア》に外付けした装置越しに言葉を交わす。

アリシアは知っている。廊下のあっちに花園を咲かすあの女は、文学と同じだけプログラミング言語にも長じている電脳潜行者《ジョッキー》――情報屋だ。

何が深窓の令嬢なものか。一言ぶつけるとそれが三倍にも四倍にもなって返ってくる。

なお、現実の彼女は楚々と微笑んでいるままだ――「お姉さま、あの詩集が……」「あら、気に入ったの」――良くもまあやる。流石は電脳潜行者《ジョッキー》、マルチタスクはお手のものという訳か。

「えっと……アリシアちゃん、大丈夫？　具合は？」

「……ありがとう。その、ごめんなさい……心配させてしまって……」

「そ、そんなことないよ！　気にしないで！　コイツも雑に扱っていいから！　もっと頼んだりしてもいいからね！　せっかくお互い、歳も近いんだから！」

なお、お互い様である。

『微笑ましいわね。ストレート徽章は伊達ではなくて？』

『……飛び級がそれを言うの、嫌味以外の何者でもないわよ？』

同い年の上級生。

どうにも、変な対抗意識が生まれてしまう。特にカレンはバストも似たようなものなのに、ちゃんと身長も伴っていて色んな服が似合いそうなあたり、若干気にしている。

学園にふさわしい外面の仮面をつけて、電脳越しに二人は言葉を交わす。

「でも……カレン先輩が乙女だって言われたらなぁ——……どうしたらあんなに上品そうな空気出せるのか、聞きたいぐらいだもん。アリシアちゃんもそう思わない？」

「ええっと……《聞いてるカレン？》でも、明ケ谷さんの《よかったわね？》話しやすいところも《お上品だそうよ》……わたし憧れるなあ《いつも読んでるの》……って思って《台本だっけ》」

脳内で肩を竦めて——

「ところでお姉さま、あの本のことで……」

「あら、《人は》何か聞きたいことがあった？《皆人生という舞台の役者よ》　私で答えられるならどんなことでもいいけれど《仕草には内面が出るものでしてよ、名探偵さん》」

同じく電脳でだけ半眼を向けて。

本当に他愛《たわい》のないやり取り。なんとなく、お互いが同類であることを確かめるような――ある種の武術家のそれめいていた。

いつも通りのそれを確認したところで、本題に移る。

『……柳生兵衛《やぎゅうひょうえ》って知ってる？』

『あら、こう聞いてほしいわね。「魔法の鏡よ――貴女に知らないことはあって？」と』

『……知ってるならそう言ってよ。時間は実際有限、コーインは矢めいて飛ぶんでしょ？投げ銭は時間の浪費、ヘイジ・ゼニゲイトってやつ？』

『……………………銭形平次。時は金なり、を利用した高度な機知《エスプリ》ね。ええ、私ですらも気付き損ねる見事な諧謔《かいぎゃく》。流石のユーモアのセンスよ、名探偵さん』

明らかに本気で苦笑で返された。何故だ。

『アリシア。私から情報を手に入れたいなら――』

『悪いけど、カレンのいつものお客さんじゃないから。それともあたしがアンタの体を目当てにしてると思う？　バーチャルで変態行為に及ぶほど暇じゃないわ』

『そうね、とてもとても清らかなむっつり処女さん？　……言っておくけど私も無敗よ。欲にまみれた殿方に唱えられる一節なんて、死刑囚の最後の言葉よりも薄っぺらいわ』

情報屋《フクロウ》――カレン・アーミテージ。阿弥陀寺加蓮《あみだじかれん》。

電脳空間での書物を由来にした賭けと引き換えに、人々の記憶情報を集め保存する――

星の図書館《エルダーアステリア》の娘。ゴシックドレスに身を包んだ、おとぎ話の魔女なる少女。

『……まぁ、いいわ。この間の借りはこれでチャラ。お金という、飾り映えのしないもので受け付けてあげる。いつもの口座に振り込んでおいて』

『ありがと。別に貸しじゃなくていいのに』

『この業界でその筋を通さなければ、名誉という表札のついた墓標に眠るのは私の方なの。……いえ、この場合は「名誉なし」かもしれないわね』

『……名誉な死？』

『……………ノーコメントよ、アリシア』

彼女からの吐息と共に、アクセスアドレスが送られる。

権限を限定した仮想データベースへのアクセス権。そのためだけにサーバーを独立させ、不要なネットワークから確立しているのはさすがの電脳潜行者《ジョッキー》か。

目を瞑《つぶ》る——即座に学園に居ながら周囲の景観が変化する。

一度、脳内の電脳仮想空間《VRエリア》への接続を行ったアリシアは、目を閉じたままに青白いホログラムの空間に浮いている己を幻視する。

こんなものを経ずとも電脳探索は可能であるが、集中という意味では必要だ。集中と、そして切り替えだろうか。

あの時の苛立ちのままに指を鳴らす。

（アイツは――）

目にかかるほどの白髪。目の下のクマの濃い金目。右目を覆った黒い眼帯。クラシック・ガクラン・スーツとビジネススーツを合わせたような控えめだが主張の強い服装。生地は上等。腰に大小の刀。モデルのように手足は長くとも、しかし肩幅や肉付きの良い戦闘者の風情。

あと嫌味。細かい。むっつりしてる。絶対神経質。恋人いなさそう。うっさい。ネチネチうるさい。人から好感は抱かれない。やなヤツ。きらい。

己の電脳内から抽出した人物画像が巨大なポスターの如く眼前に浮かび上がり――そして千切れ飛ぶ。同時、人々がカレンに差し出した記憶上での画像検索が走る。

程なくして、その眼帯の青年に関する情報は集まった。

（げっ、戦争株主として《水資源戦争《Wスクエア》》にも参戦済み？　本物の筋金入《プロ》りじゃない、コイツ）

――柳生兵衛。

大小の高周波ブレードを下げた用心棒《サムライ》にして始末人《モンド》。右の眼帯が特徴的な筋肉質の青年。

事件屋《ランナー》ランク第十位。

その仕事の達成率は九十九・七パーセントという驚異的な領域――しかしランクに見合わず低額な依頼も受け付けており、かなりのお手頃価格。

（かかくきょーそーってモンを理解してるのかしら？　まったく……アンタがそんな値段で依頼を受けてたら困るのは他の事件屋《ランナー》なんだけど？　市場原理ってご存じ？）

フン、と鼻を鳴らす。その澄まし顔も、経歴も、彼への評価も、ついでに調べたオンラインのお礼のレビューも気に食わない。何から何まで。

ふーっ、と腹の底から吐息を一つ。

『悪いことは言わないから、関わるのは見直すことね。とんでもない凝り性《アーティースト》よ』

『絡んできたのはあっちだから……』

『あら。見え透いた危険に飛び込んで蛇と遭遇するのを、相手の過失にするのが貴女の流儀なの？　なるほど大した探偵ね。今からでも四十四口径を片手に出歩くのを勧めるわ』

『……アンタ、古典ドラマも知ってるの？　あたしは警官《アオイヌ》じゃなくて探偵《アカイヌ》よ』

『さあ？　探偵も、最後に物を言うのは暴力でしょう？　滝つぼまでの道は遠いわ』

肩を竦めて——現実でも肩を竦めて、渡り廊下のカレンが去っていく。相変わらずいつも、一言多い少女だった。

……ある事件以来、なんとも腐れ縁というほかなく——……吐息を一つ。

（あれ？）

電脳のメッセージソフトへの着信。差出人は、カレン。

内容——『例の件を貸しじゃないというなら、代わりに私から依頼を出すわ。残念ながら私の図書館では力になれない人。足で稼ぐのは、探偵の仕事でしょう？　それとも、年若くして安楽椅子に座るのがお好みでして？』

バッと振り返れば、窓越しに背中を向けてひらひらと手を振られた。

相変わらずなんというか……本当に素直じゃない女だった。

◇◆◇

日にちは変わって、緩やかに流れる店内音楽。

（うん、あたしはプロ。カレンからも頼られている。あたしはプロ）

ズゾゾ、とミルクが氷交じりになって底をついた。代わりに頭は冷えた。

熱しやすいのが自分の良くないところだ、とアリシアは眉間の皺《しわ》を解きほぐす。

いつもの面会室風喫茶店で――依頼人を待つ。

仕事に向かうと、どうにも否応なく前回のときのことが想起されてしまう。

だが……なんにせよ確かに彼は凄腕であり、依頼に対しての達成率は尊敬に値するだろう。そこにまで噛み付くのはよくない。そこを混ぜこぜにするのはよくない。仕事人として駄目ゼッタイ。如何に彼がド失礼で高慢ちきで得意げ澄まし顔で説教男で神経質のむっつり嫌味野郎だとしても、だ。……別に根に持ってない。

そして自分もこれから、事件屋《ランナー》として新たなる依頼を受けるのだ。プロなのだ。なら、気持ちを切り替えるべきだろう。

（むぅ。……うん、だいじょーぶ。あたしは落ち着いてる。そうでしょ？　そうよ。うん、あたしは一流の探偵。ならこの程度は問題ないわね。ふふん、そう、何も問題は——）

——〈……ルールを謳うわりにはルーズなのか、君は？〉＝リフレイン。

机がバン、と音を立てた。

いややっぱり無理。どう考えても無理。

腹立つ。ほんっとに腹立つ。生理的に受け付けない。嫌味男。説教おじさん。まだ若いけど。でも雰囲気がおじさん。老成野郎。盆栽弄ってそう。ムカムカする。カムチャッカ半島が燃えるレベル。そんなに涼しそうに鼻で人を笑うならいっそ燃えてしまえばちょっとは暖かくなるでしょ。何あの言い方。うるさい。知らない。うっさいバカ。

（なんなのよ！　こっちの事情も知らないくせに！）

椅子に座り直して、記憶から抽出した彼の顔に眉毛を太く書き加える。

ほんの少しだけ溜飲が下がった。ヨシ。

なお店員は、腕を組んで目を閉じたまま百面相に表情を移り変わらせるアリシアを眺め、こんな場所で電子ドラッグでもキメる凝り性《アーティースト》の変態少女に出会ったかのように引き気味だった。

やがて……待ち人来たりて、

「——ネオマイハマ・アート・コミューン？」

「ええ、そうなんですよ。よりにもよってあの芸術的退廃スラムだから、なおさら心配で……絶対そんな作風じゃないのに……」

黒服に身を包んだ優面《やさおもて》の青年は、そう困り眉を作る。

——ネオマイハマ芸術解放特区《アート・コミューン》。

公式ではない、通称の名前。企業支配の行き届かぬブラックエリア。

破棄された海上フロート都市を再利用して作られた企業外コミュニティ。かつてはネオチヨダ・ブロックの一部に組み込まれていたが、メルヘンテーマパーク『どうぶつのくに』の武装蜂起によって名誉ネオチヨダ所属を剥奪された地域である。

今やそこは、ある種の芸術集団——とは名ばかりの与太者の吹き溜まりになっている。

企業支配、国家支配への反抗を謳いながらも意味不明なアートを表現する集団たち。かつて少年少女や家族連れ、カップルに溢れていた『どうぶつのくに』は今やむくつけきパンク男たちの住処となった。男女比的には野獣の巣と言って過言ではあるまい。『どうぶつのくに』大人版である。それか『ゴリラのくに』か。ゴリラさん以外は祖国に帰った。

（仕事でもなきゃ絶対に関わり合いになるつもりはないけど……）

ふう、と吐息を漏らす。

取り調べ用の灰色机じみた簡素なテーブルの真向かいに座る青年からの依頼は、人捜しだ。

サイモン・ジェレミー・西郷。

最早、古典的と言うのもどうかというほどのクラシカルな写実主義や印象主義の画家。

一年半ほど前から新作の発表がされず——それ自体は芸術家にはそう珍しくないことにせよ音沙汰がなくなり、そして彼とその娘に関してネオマイハマ芸術解放特区《アート・コミューン》での目撃証言があった。ネオマイハマの社会反抗芸術が到底彼の作風とは合致しているとは思えず、芸術解放特区《アート・コミューン》とは名ばかりの事実上のスラム街のような場所が創作活動の助けになるとは思えない、とのことだった。

「……その、筆を折ってしまったら折ってしまったで仕方ないのですが、ほかに事情があるのかな……とも思えて」

「ん、りょーかい。そのあたりの確認も必要って訳ね。……新作の期待はしてないって考えていい？」

「あんな場所で何か得られるとはとても思えませんから」

それもある種の偏見かとも思えたが、彼女自身似たり寄ったりのものを抱いているので否定もできない。

「じゃあ、本当にそこにいるのかの確認と……いたなら生死を問わずにその情報を報告するってことでいいかしら？」

「ええ。……もし亡くなっている場合も、報告をいただけると助かります」

そうなると、多少は仕事が厄介になる。

つまり、見付からなかったで終われないということだ。

（……むぅ。まあ、死んでから作品の値段が上がるって話もあるし……そこのところは企業としても押さえておきたいとこなのかしら。んー……企業絡みかぁ……企業絡みねえ……まあ、四大超巨大企業《ビッグフォー》でさえなければ……）

四大超巨大企業《ビッグフォー》に関わるな、というのは事件屋《ランナー》としての鉄則だ。

食産分野の覇者――ガイナス・コーポレーション。

工業分野の王者――オニムラ・インダストリー。

生物・化学・製薬分野の頂点――サー・ゴサニ製薬。

人材派遣・輸出業の元締め――ミタマエ&ヒトゴミ・エンタープライズ。

悪化した地球環境や続発する紛争、世界的パンデミックを契機にそれまでの統治者である国家支配に見切りをつけた経済の巨人たち。今なお地上の旧統一国家政府や宇宙の衛星都市の残党との争いは続いているが、国家解体は進んでいると見ていいほどの新たなる支配者。戦争株の元締め。

大規模な戦争によって不足した国家官僚を補うように人材を派遣し、逆に彼らを引き抜き返して国家運営のノウハウを握った四人の王を前には、今や対抗勢力など存在しないだろう。

（……まあ、流石に芸術家一人のためにアイツらが出張ってくるとは思えないけど）

まさしく殿上人の彼らの倫理観と論理は読めない。

分かるのは、少なくとも、かつての国家ほど公正の概念もなければ公共の概念もないということぐらいだ。関わり合ったらどうなるか分からない。

幾度か専属事件屋《ランナー》へのオファーを受けながらも躱しているアリシアへは、彼らの覚えもいいだろう。無論、悪い意味でだ。

「それにしても勤め人っていうのも大変ね。こんな目撃証言で画家一人を捜せだなんて」

「え、ああ、いえ……むしろ勤め人というか……勤めていくためにそれ以外が大事というか」

「どういうこと？」

首を傾げるアリシアへ、依頼人の青年はぎこちない笑みを浮かべた。

「実は……ファンなんです。個人的な。別にうち絡みの案件って訳でもなくて……本当にたまたま、ちょっと仕事で色々と疲れてるときにこの人の絵を見まして……。なんていうんですかね、ほら、今は……昔よりも色々と発達してるじゃないですか。補助電脳《ニューロギア》に繋げば画素数なんて言葉も古いですし、絵だってＡＩ絵師に好きに出力してもらえる。でも、そういうのと違って……なんていうかな、完全じゃないからこそ完全というか――あっ、すみません！　いや、これは依頼と関係ないことでして！　いえ、個人的な雑談をすみません！」

普段はよくできたビジネスマンなのだろうか。余計な話で相手の時間を取らせることが失礼だと、骨身に染みているように慌てる青年。

だが――

「……いいえ。依頼のために、大事なことよ」

「そ、そうですか？　その……仕事と違って、こういうのはあまり上手くは説明できないんですが……」

「それでいいわ。……うん、そっちの方が本当に好きって感じでポイント高いし」

「そ、そうです……かね？」

「ん、そうです。というわけでもう少しそのあたりを話してもらえるかしら？」

そうして、しばし、青年との会話を続け、

「……わかったわ。アナタの想いはあたしが聞き届ける。サイモン・ジェレミー・西郷の安否確認と目撃情報の調査――大船に乗ったつもりで待ってなさい」

最後にアリシアは不敵に、強くそう頷いて会話を締め括った。

そして、依頼から数日。

（……大船どころかまさか泥船とは言えないわね。船……船……アート・コミューンかぁ）

早速、アリシアは躓《つまず》いていた。

ネオマイハマ芸術解放特区《アート・コミューン》は海上フロート都市というその性質上、陸路での侵入が極めて困難である。かつての戦争による地下都市要塞化の影響に伴って、湾内アクアラインは増設・軍用改装化されたダンジョンと化し、崩落の危険どころか防衛用ドロイドや逃亡した生体兵器や殺人ネズミがさながらモンスターめいて徘徊する魔境だ。

となれば空路または海路であるが、空路は目立つ上にそこに集う与太者たちがどんな装備を持っているか分からない。下手したらドラッグでアッパーになった奴に撃ち落とされる。

そうなると、選べるのは海路の一択。

しかしながら廃棄された海上フロートを勝手に乗っ取って国家や企業からの解放を謳っている連中に対しての定期便は表向き存在せず、渡航にもリスクが付き纏う。

（そっち系統の手配屋に上手く渡りを付けられたらいいけど……んぅ、基本的に企業エリア絡みばっかりだったから……）

ホワイトエリア・グリーンエリア・レッドエリアと種々はあれ、基本的にこれまでのアリシアの依頼はどこも企業都市ばかりだ。

ネオマイハマ芸術解放特区《アート・コミューン》のようなブラックエリアは対象外で、生憎、これまで付き合いがある事件屋《ランナー》は誰もそれなりに実力がありクリーンで——つまりはわざわざ、報酬が危ぶまれたり事件収集に懸念があったりする非企業統治エリアの仕事をするものはいない。

株式戦争の戦争株主となって旧国家支配地域などに足を運んでいれば話はまた変わっただろうが……それをするのは文字通りの戦争屋《ヤマネコ》だ。操縦人《カラス》などの、火力が桁違いの連中が溢れる場所に補助電脳《ニューロギア》だけで飛び込むのは無謀がすぎる。

それは、さすがに限度を超えているのだ。

（シバウラ港湾区に進めば、船自体はあるし……ネオマイハマ行きを突き止められはするでしょうけど）

それどころか電脳魔導師《ニューロマンシー》としての力をフルに使えば、当然の如く連絡船に乗るなんてことまで可能だ。やろうと思えば船の行き先をバミューダ・トライアングルにだってしてやれるだろう。

しかし、

（ただ……普通に仕事してる人にそういうことをするのもね、なのよね。やるにしても最終手段よ。緊急避難ってヤツで）

電脳魔導師《ニューロマンシー》の力は、この社会においてまさに頂点に位置すると言っていい。

一部の例外を除いて大半の電子機器をクラックでき、補助電脳《ニューロギア》を通じて人間の意識や認識の書き換えすらできる。どこかの企業のポストに明日からでも就くことも、別の家庭の一員として紛れ込むことも可能だ。それほどの力なのだ。

だからこそ線引きは大事だ――と、アリシアは考えていた。

一つ、仕事以外で他の人間には使わない。

一つ、正当防衛以外で無暗《むやみ》に人格干渉を使わない。

一つ、緊急避難に当たらない限り一般人には使わない。

ルールだ。自分の中の。流儀、と言っていい。他にもいくつかの条件を設けて、己自身を私的に制限している。

規範を逸脱はしない。

そんな制約がなければ電脳魔導師《ニューロマンシー》の力が使えないなどということはないが、きっとその線を見誤った途端――ズルズルと易きに流されて、電脳クラックを無制限に使用して人の尊厳を踏みにじってしまうだろう。それでは忌むべき企業家たちや犯罪者と何も変わらない。

（だから、誘惑なんてしても無駄よ……アイポロス。人はパンのみに生きるにあらず。誰もが魔の甘言を聞くとは思わないことね）

電脳魔導師《ニューロマンシー》の中の更に一握り――権限保持者《プロトコル・ホルダー》である己の、言葉なき電脳の同居人へと呼びかけ――アリシアは腕を組んだ。

まあ、だが、それはいい。それよりも考えるべきは、如何にして芸術解放特区《アート・コミューン》に渡航するかということだ。

何かしらそのあたりの関わりがある人間はいないかと、電脳網にて検索を続け――

「……げ」

ヒットした。ただ、相手が相手だった。

◇

◆

◇

――ジェイス・D・ガス。

それが、その事件屋《ランナー》の名前だ。

主武装はオニムラ傘下カネトモ・アソシエーション製の六式電磁放射手甲。

非殺傷暴徒鎮圧ガス銃やスタングレネードなどで武装した、用心棒《サムライ》・始末人《モンド》・配送屋《ペンギン》・調査員《アカイヌ》を務める筋骨隆々とした低改造戦闘者《デミ・サイバン》。

つい数日前に叩きのめした、浅黒い肌に紋様変化型刺青《ライブタトゥー》を刻んだあの男だ。

その依頼達成率や評判を眺めて、アリシアはなおさら顔を顰《しか》めた。

意外にも悪くない、というのが二重の意味で信じられなかった。

（よりにもよって、としか言えないじゃない……おまけに特別なツテじゃなくて、簡単な検索で引っかかるなんて）

つまりそれは――プロ意識が低く、ネオマイハマ芸術解放特区《アート・コミューン》との繋がりをご丁寧に目に付きやすいオープンソースに垂れ流していると、そういうことだ。

その時点で酷く期待値が下がる。

彼が根城にしているオイラン・アンドロイド・ダンスバーへと足を運びながら、アリシアはふわふわしたその金髪の上から額を押さえた。

ダメ元、というやつか。彼でなくとも、何かしら情報を持ってそうな人間に接触できればいい。それも駄目なら、最悪は――……クラッキングだ。酷く無礼で粗暴な振る舞いをされたなら、自分の中でも筋が通る。あまりそういう考えも望ましくはないが。

（でも、こないだのことがあるし……何を言われるか分かったもんじゃないわね。おかしなことを言ったら速攻クラッキングしてやる）

乙女の心の正当防衛だ。きっと神様も許してくださるだろう。多分。

「さて……と」

見回す店内には派手な電子音楽が鳴り響く。

薄暗い店内に明滅する機械光。重低音に合わせて瞬くそれに、自分の思考速度に乱れが出るのを認識する。ストレス――心理的な。環境的な。チカチカとフラッシュじみて連射されるライトが視覚処理への生理的な負荷として、襲い掛かる。

そんな視神経生理ストレスのみならず、そこで繰り広げられる実際の光景も、当然そうだ。

そう広くない店内に人型の生け垣や林を作る、薄い衣を身に纏った数多《あまた》のガイノイド――女性義体。まさしく人形だ。すべてが人間に、男に都合よく作られた人形。

それもあってアリシアは、人形扱いされることを好まない。他意があろうがなかろうが、そこには、誰か・に・と・っ・て――という言葉が含まれている気がしてしまう。

誰も彼ものほとんどが大きな乳房。整った目鼻立ち。すらりとした手足と、張った臀部《でんぶ》。この世界の誰かにとっての都合のよさを煮詰めたような――縮図だ。煽情的な意匠の美女たちによる、名目上は性風俗ではなく機械の展示会というもの。欲望と建前にもならない建前。

(な、なによ……なんて格好させてるのよ……！)

店内の露出度の高さに、思わず目を伏せる。頬が熱くなる。

別に嗜好的には同性のそんな姿をいくら見ようが何の琴線にも触れないし感動もしないが、あまりにも性的な強調をされた女性の衣服というだけで――つまり自分にも着れてしまうというだけでなんだか無性に気恥ずかしくなる。

絶対御免だ。絶対あんなの、着るなんて御免だ。肌なんて、恋人にしか晒したくないしそれすらもきっと恥ずかしい。そういう関係はゆっくり時間をかけて――いや違う。そういう話じゃなくて。


当たり前のように性を示していく姿と、それに興じる男性の姿。

直接的な身体接触はなくとも、人々の奥にある欲望の結晶を暗示するような店内。

なんともいたたまれなくなって、目線を上げられなくなってしまう。

ちらちらと見上げる先の――武装少女コンセプト。セクシーとラディカルの合わせ技。

大きな乳房を押さえつけるように肌に張り付いたハイレグの機甲兵スーツ。大きくスリットが入った迷彩色のチャイナドレスに、その手に不釣り合いな無骨なライフル。クラシカル・ヴィクトリアン・メイド服と日本刀の組み合わせもあれば、本当にメイドなのかも怪しい肌に食い込むメイドビキニと乳房に挟んだポールウェポン。それが上下する。

（ふぇっ……!?　な、な、なに!?　さ……最低！　最低！　最低！）

そこに立つガイノイドたちは、その豊満な乳房や細く長い指に必ず何かを挟んでいる。ライフル、刀、ポール、ランチャー――イミテーション。男性の象徴も模した二重の意味でのイミテーション。

尋問を受けているようにワイシャツの胸元をはだけられている手錠を付けた少女が、舞台の上でグリッドダンス――曲に合わせて空中に次々に投影されていくグリッド線を躱すように踊るストップモーション・アニメーションダンス——を踊る。格子や牢獄の如く移るグリッド線。都度都度、彼女は乳房や臀部を強調して妖しく笑いかける。その隣に立つ長身の男性は客なのか、アンドロイドなのか。曲に合わせて彼女の体と近付いて離れて、そのダンスで別の行為を暗示させる。

頬が熱いのは、店内の熱気に包まれたそのためだろう。きっと。そうに違いない。

（あ、あんな風に挟んだり握ったり擦ったり……い、一体それを何だと思ってるのよ！な、なんのつもりなのよ！　なに想像してるのよ！　いい大人が！　変態！　変態！　変態！　セクハラ！　すけべ！　クズ、クズ、クズ！　絞首刑！）

素知らぬ顔で店内にて鼻の下を伸ばす男たちが恨めしくなる。その中の目線がいくらか、店内をうろつくアリシアの方に向けられてるとも思うとなおさらだ。コート越しに自分を抱きしめる指先に力が入り、とにかく足早に進んでいく。客の一人が背後からガイノイドの胸を掴んで口付けを交わしているのを見たときには、思わず悲鳴を上げたくなった。

何たる辱めか。

散々その手の免疫のない光景を見せられたそこで、ようやく目当ての男に行き着いた。

乱痴気騒ぎのその最奥に座す、浅黒い肌のその男。

蛍光色の電子アルコール——グラスの二次元マトリクスコードから補助電脳《ニューロギア》にコードを

読み込むことで極めて安全に酩酊を起こす——のグラスに氷を入れる男は、ソファに腕を広げてふんぞり返っていた。

皮膚置換を伴った模様が変わる刺青《タトゥー》を見せびらかし、如何にも荒事の専門家——とばかりに一般人に無駄にアピールするようなジェイスは、

「んじゃ、条件だが——」

アリシアの話を聞くなり、やおら、金の指輪に飾られた浅黒くごつごつした指を曲げる。

「まず一つ。雇うからには、企業並みとは言わなくてもそれなりの補償条件を付けろ。つまり、仕事中の通告なしでの一方的な解雇の禁止。オレからデータやルートを取ってハイさようならはやめろ。情報の売り切りってのは御免だぜ。あくまで、案内人だ。ブラックエリアへの立ち入りってのはオレのウリなんだ。それを表に出して、企業の保安官《アオイヌ》に喰い付かれるリスクも背負ってやってるからここは譲れねえ。あとは最低雇用期間と、それを破ったときの違約金だな。……細かくは色々言いたいが、とりあえずここだけは絶対だ」

「……」

「あ？　なんだ？」

「……べ、別に？　なんでもないわよ。なっ、なによその目は……！」

腕を組んで、フイと顔を背けた。少し気まずさがある。

（い、意外にまともだった……こんなんでも一応はちゃんとプロなのね）

若干、拍子抜けした。

こんなお店にいる奴なんだから、もうそういうやつだと思ってた。

てっきり依頼にかこつけておかしな要求をされたり、報酬に絡めて淫らなことを求められたりすると考えていた自分が恥ずかしい。これでは脳内ドピンクすけべ女ではないか。妄想変態優等生ではないか。

なお耳年増である。興味津々である。経験なし＝年齢のアリシアだったが、それなりに知識はあった。興味も結構あった。相手はいなかった。候補はいた。

「オーケー、それなら何よりよ。細かな条件はこれでいい？」

指を鳴らすとともに、店内を彩るホログラムヴィジョンが変貌する。テーブルに浮かび上がる契約の文言。映像出力系に干渉した。

その後、ジェイスとの細かな取り決めを交わし——アリシアは内心で頷いた。

トラブルはない。恐れていた懸念もない。少なくともプロとして、まともな取引ができそうだ、と。

なお——

「ふっ、ふふふふ、ふざけんじゃないわよ！　触らせるわけないでしょ!?」

ウエノ旧時代街を川下りして到達したネオマイハマ芸術解放特区《アート・コミューン》のみすぼらしい入管室

にて、アリシアは顔を真っ赤に胸を隠しつつ叫んでいた。

目の前には、絵画の餓鬼めいて痩せこけた手足の長い男。如何にも下品に、歯の抜けた口をにやつかせていた。

男の下劣な視線は、アリシアの胸に向いている。

仕事用の青のタイト・バトルワンピース。運動性と防弾性と電磁的遮蔽性を主として作られたそれはニットワンピースじみていて、そしてタイトに肌に張り付く関係上、どうしても収まりきらないアリシアの大きなバストを強調する。

本来なら膝丈ほどもあるその裾は、悲しいことに小柄と巨乳のせいで股下ギリギリまでの際どい丈の長さになってしまっていた。更に戦闘用のブーツとそれに合わせた膝上ソックスを吊るガーターベルト。惜しみなく剥き出しにされた白い太腿が、余計に男を刺激することにもなってしまったのだろうか。

だが、

「おいおい、たかが身体検査だぜ？　変な意味に勘違いするなよ。これはせーとーな権利って奴だぜ？　そうだろ？　たまーに始末人《モンド》が紛れ込むこともあってな。胸に武器を仕込んでくる……ってヤツもいるから、確かめておかねえとなって」

男はあたかも仕事であるかのように言い返してきた。

「仕込むなんてできるわけないでしょ!?　生憎と無改造よ！」

赤面しつつ反射的に怒鳴ったアリシアの言葉に、

「へぇ……手を加えずにそれかぁ……ガキみたいな身体してる癖に……」

痩せ男の値踏みするような目線が、余計に強くなる。

舌打ちをしたくなった。地団駄を踏みたくなった。いつもそうだ。そういう目線を向けてくる人間は、アリシア・アークライトという個人ではなく記号を見てくる。身長が低く、小柄で華奢で、人形のような容姿と無調整《ナチュラル》なのに女性的なバストを持つ若い娘。

何かコレクションの一環として収集したいとでも言うような、或いは彼女のレアリティをみすみす何もせずに見過ごしたくない――とでも言いたげな、不快な視線。

（アンタにそんな顔をさせてやるために育ったわけじゃないのよ……！）

かろうじて罵声を堪えたのは、仕事としてだからだ。

そうでなければ、人形扱いするその鼻っ面を叩きのめしていた。

ちらりと、目の端で立ち入り検査をさっさと終えたジェイスを睨む。

何も仕掛けてこないと思ったら、こんな嫌がらせを考えていた。サングラスで目元までは分からないが、今頃してやったりと笑っているだろう。

拳を握るアリシアへ、小汚い入管取調室の取り調べ役の男が言う。

「ま、別に断ってくれてもいいんだぜ。回れ右でご退場だ。そうしたいならご自由に。……言っとくが、ここは芸術解放特区《アート・コミューン》なんだ。いつどんな形で、あの人を人とも思わねぇ企業家どもの手先が入ってくるかわからねえ。自衛のためには、これぐらいやらなきゃダメなんだよ」

「ぐ……」

「あんたのそれが演技じゃないって誰が証明できるんだ？　おれもこの仕事を命じられたからには、中の人間の安全について保障する義務を負ってるんだ。おれが手を抜いて人が死んだとき、誰が責任をとれるんだ？　なあ？　薄汚れた企業社会を抜けておれたちの考えに賛同してくれた大切な芸術家仲間を守らなきゃいけない。そこをギャーギャー言われて手を抜くと思うか？」

「……う、むぅ」

　筋は通る。そして、そう言われてしまうと否定材料がない。

　それがアリシアからはどれだけ建前に思えようとも、一理あるには違いない。

　唇を噛んで、視線を彷徨《さまよ》わせる。テーブルの上に置かれた拳銃。スピードローダー。真空パックされたフレッシュミルクのストロベリーフレーバー。

　なにより、手帳。

　この電子全盛の世に、それでもわざわざ発行された事件屋《ランナー》たる資格証。アリシア・アークライトを、そうであると示す確かな証。

　そして……

「〜〜〜〜〜〜〜〜〜〜〜〜っ……お、おかしな動きをしたら叩きのめすわよ」

最終的にアリシアも、その薄桃色の唇を噛みしめて俯くしかない。

そうなれば、あとの流れは決まっていた。

「さて……じゃあ、腕を頭の後ろで組んで背筋を伸ばしな。……身体を丸めて隙間に武器を隠そう、とか思うんじゃないぜ？　ちゃんと背筋を伸ばして、顎を上げるんだ」

「わ、わかったわよ……」

必然的に、隠すこともできずにバストを強調する姿勢となる。

男が、ヒュウと口笛を吹く。悔しさで顔が朱に染まる。

痩せ男の視線が、胸を張るようなアリシアの乳房に集中していた。

白い包装紙に包まれた大玉の果実めいて。小柄な体躯に似つかわしくないそれは、大の男の手のひらからも零れ落ちそうなほどにたわわに実っている。

「でっけえでっけえおっぱいちゃんだなぁ……へへ、こうなったら身体に乳がついてるのか、乳のために身体がついてるのか分かったもんじゃねえ」

「っ、うる……さい。余計な事言うんじゃないわよ……！　さっさとしなさいよ……！」

「おお？　早くデカパイに触ってほしくて待ちきれねえってか？　カワイイこと言ってくれるじゃねえか、乳デカ探偵ちゃん♡　ひひっ、じゃあ遠慮なく」

「だ、誰が――」

背後に回った男を、反射的に怒鳴りつけようとしたときだった。

「ひゃんっ!?」

なんの遠慮もなく。ゆさっ♡と、下からバストを持ち上げられていた。

どう考えても、軽く触って確かめるという域の動きではない。若くハリがある豊満な乳房が、男の節くれだった指に沈む。アリシアは背後から抱え込まれて抱き着かれるように、双球を男のその手に収められていた。

「このっ、ふ、ふざけ――」

怒声を浴びせるより先に、男の手のひらが動く。背筋がビクリと凍った。

節くれ立った指がゆっくりと揉みしだきながら円を描いて、アリシアの小柄に不釣り合いなそれを弄び始める。むにゅむにゅと、五本の指がそれぞれ好き勝手に押し返す乳房の感触を味わっている。

(ひうっ!?　さっ、触り方が……ヤらしい……！　コイツ……！)

もう何度もこんなことをしているのか、男の手つきは完全に手慣れていた。

勢い任せ、欲望任せで乱暴に乳房を掴むのではない。ゆっくりと回すようにバスト全体を刺激しながら、徐々にその中心に目掛けて動きが近付いてくる。その刺激に肌が粟立ち、否応なく中心部に意識が集中させられていく――嫌悪感と怒りが強くアリシアを覚醒させるが、それでもそのくすぐったくも甘い刺激が集まってくるのだ。一点に……つまり、ぷっくらとした乳首に目掛けて。

最悪だ、と思った。下着は戦闘用の厚手の物ではない。サイズがないのだ。そうでなければ、こうも素直に刺激を受けまい。

抗議の声をあげたくとも、悔しさから唇を噛みしめるしかない。声を漏らさぬように必死に口を噤めば、薄暗い室内に響くのは湿った二人の吐息だけだ。

荒い鼻息と、耐えるような吐息。

見る人が見れば、これからに向けた前戯にしか見えぬだろう。

「ん？　おかしな反応だなぁ……ん？　なんだ？　なんでそんな声が出るんだ？　おお？」

「っ、驚いた……だけでしょ……」

胸とは、脂肪だ。脂肪の塊だ。そこが性器のような快感を齎すこともなければ、二の腕や腹の肉を触られていることと感触としては大差ないものでしかない。揉まれて気持ちよくなるなんてのは、おおよそ男に都合がいいファンタジーだろう。だとしても——

「いいや？　なにかよからぬものを移植してるんじゃないか？　そういう人間は、手術の影響でこの辺が過敏になるって聞くもんなぁ？」

「だから、改造してない……っ」

それでも、感覚はある。アリシアのそれは、一般的なものに比べて敏感だ。何よりも、恥ずかしい場所を触られているという羞恥。その羞恥心が、屈辱として感覚を鋭敏にしていた。

「じゃあ、なんでだ？　……あ、そうか」

アリシアを後ろから抱え込むような痩せ男が、頭一つ分上から得意げな声を漏らした。

「いつもは胸でシてるのか？　ん？　どうなんだ？」

「な、なにを――ひゃうっ♡」

「とぼけるなよ。こんなヤらしい身体をしといて、オナニー知らねえってのは無理があるぞ？　なあ？　自分一人でするときだ。こんだけデカいから、触ったりするのか？　え？」

「っ、誰が……！　そんなことアンタなんかに……！」

「ん……いやほら、移植されてねえのにこんな反応をするってのはおかしいぜ。なら、ほかに合理的な理由付けが必要だろ？　普段からこれでお楽しみってんなら無理もねえって話だが……それともやっぱり仕込んでるのかね？　直接見て確かめなきゃダメか？」

「～～～～～～～～～～っ」

「ほら、正直にちゃんと答えろよ。必要なことだぜ？　それともひん剥かれてえか？」

いよいよ、男の指先がアリシアの乳房の核心地に近付く。絶え間なく強さが変わる愛撫にほのかに充血が始まり、その薄桃色の乳輪はブラジャーの下で朱に色味を帯びているだ

ろう。

　未知の刺激で、未知の体験だ。

　それがアリシアからの反骨的な態度を奪った。混乱しつつある頭にあるのは、ただ男を喜ばせないように声を上げないということだけ。それが、碌な抗議の声にも繋がらず、辛うじて身を捩《よじ》るだけの可愛らしい抵抗にしかならない。

「ほら、一日に何度やってるんだ？　え？」

「いっ、一日になんて――せいぜい、週に……」

「週に？　へっ、やっぱりヤってやがったのか？　ええ？　何回だ？」

「っ――」

　異常な状況に気を取られ、油断した。最悪の告白をさせられた。少なくとも断じてこんな男に聞かせたくはなかった。それだけで、顔から火が出そうなほどだ。

　悔しさと、背筋を伝うおぞましさ――そう信じようとしているものにアリシアは身を震わせる。断じてあり得ない。断じてこんなのは、ただ、屈辱的なだけだ。

（っ、ぅ……この……さいてー男……！）

　涙目で唇を噛む小柄なアリシアを上から覗き込んだ彼は、度重なる刺激に主を裏切ってそのタイトスーツにぷっくりと浮かび上がり始めた可愛らしい突起を見逃さない。

　気をよくした男は、にんまりと口角を上げ、

「ひひっ、さて、このまま下の大事なポケットに何か隠してないかも――」

片方の乳房を解放した右手が、そのままアリシアの涼しげな太腿の間に伸びる。

その、瞬間だった。

「っ、そこまで許した覚えはないわ」

男の身体が、顔面から一直線に地面目掛けて投げ払われていた。

少女が大の男を地面に転がす曲芸めいた瞬間芸。

不埒なその手をみずみずしい太腿で挟み込むと同時、膝の動きを利用して捻り極《き》めた。

あとは痛みにつんのめったその肩肘を極め、腰を払う。それだけで大人を投げる小柄な少女の出来上がりだ。

サイバーだろうとそうでなかろうと、やることはあまり変わらない。アイキは構造への理解と反射の応用だ。それが機械なのか、生体なのかの違いしかない。

そして、

「イっ!? 痛てててて、いでぇ、痛てぇぇえ」

「……なんでここの男女比が偏ってるかよーくわかったわ。さいてー男ども」

痩せ男を払い倒した後も、アリシアは残心を忘れない。うつ伏せに倒れこんだ男の片腕、手首、指の関節を極《き》めての制圧術。腕を逆に捻り上げられながら地面に押し付けられる男を、彼女は冷たく見下ろした。

その蒼い視線の先には、投げの衝撃に伴って転がった四角い箱型の機械――……。

「……その探知機で済ませなさい。次なんかしたら、アンタに真っ裸でブレイクダンスさせてやるわよ」

腕を手放すと同時に頸椎《けいつい》に蹴りを一発＝武道の型を素直に実行する優等生的真面目な少女性の表れ。

地面に尻をついた男を見下ろして、青色の瞳が睨み付ける。

不埒な男のその目線から腕を組んだ向こうにバストを隠しつつ、アリシアは刺々しい瞳を露わにしていた。

最低だ。言うまでもなくこの街はきっと、最低野郎どもの集まりだ。

いきなり最悪の入場体験となったことに、アリシアは先行きの不安しか感じなかった。

男女比が二十対一の野獣の巣。現代秩序や支配構造への反抗を叫ぶその海上フロートには、法的な拘束の手も及ばぬのだから。

そして――このささやかな、しかし乙女にとっての一大事である性的なハラスメントは、これから彼女が受ける数々の屈辱の中での、些細な先触れに過ぎなかった。

chapter3:
芸術解放特区——ネオマイハマ・アート・コミューン

呪術衝撃

GOETIA SHOCK

Goetia Shock !
Cyberdetective Alicia Arkwright
and
Ink-painted' nightmare

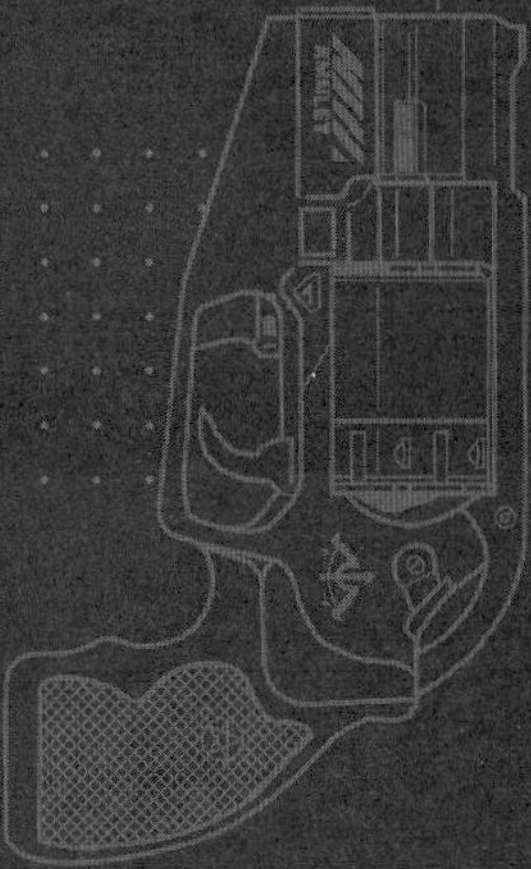

【株式戦争】［名詞］

戦争株を発行することによって行われる戦争。戦争株とは、統一企業協会《キャピタリア》への発行要請を行い、彼らに査定を受けることで実装される未来価値と現在価値のトレードである。

これはその紛争地域で将来的に得られる未来資源——土地・地下資源・生産品・成果物・歴史的建造物などと、現在の戦争実行のための現在資源——武器・兵力・資金を引き換えにする取引であり、ここでは物品やサービスでの支払いも受け付けられる。つまり実際にその戦場へ相応の戦力を持ち寄ることで戦争株＝将来的な利益配分の権利を受け取ることが可能。

理念はあれど戦力がない現況の打破、大規模テロリズムに対する急の戦力必要性や、戦争株に対し戦後配当を行うこと＝逆説的にその地域の復興需要の獲得など——を目的に発行される。

更に【免争符《ラックス》】と呼ばれる非破壊指定権の売買も行われ、これは全体の発行数に対する所有率によって、戦闘区域における非破壊指定等級の付与が行われる変動性の権利である。

より戦争を安全で損失なく、そして世界的に開かれた市場にすることによって誰もが経済的な関係者となり、個々人に当事者意識を醸成する機会を与え、戦後復興発展への需要を高めることにより紛争地域を孤立させず、さらにそこにある人的資源や文化的資源の不当な損失への抑制を図る人道的な試み——と企業は謳っている。

「我々は、今やこの世界で逃れられない紛争というものの、より繁栄的な共存と恒久的平和への枠組みを実現します」

◇◆◇　Goetia　Shock　◇◆◇

芸術と呼ぶには、その海上フロート都市はあまりに雑多で前衛的で悪趣味すぎた。

一言で言うなら、サイケデリックな悪魔城と城下町だろうか。城下町というには、あまりにもスラムが過ぎるが。中世ダークファンタジーに煮凝《にこご》りのようなサイエンスフィクションを放り込んだらこうもなろうか。

かつてのテーマパークから引き継いだシンボル的な古城は魔改造され、路上には無秩序に増殖したバラックと簡易テントと極彩色のグラフィティ・アートが躍り、暴れるままに吐瀉《としゃ》したような蛍光色のペイントが建物や通りを彩っている。

かと思えば一方では古式ゆかしい石畳が敷かれたフィールドと、無数の洗濯ヒモじみて塔へと延びた長大な電線。おまけにどこから運んで来たのか、パイプ列車の車体を逆立ちさせて作ったタワーオブジェや、それが連なったビルめいたものもある。

人肉加工所じみてドロイドのジャンクパーツが露店で果実の如く並べられ、その店頭で山羊《やぎ》頭に改造されたドロイドが売り子をやっているのはどんな悪夢か。

異様。

混沌。

冒涜《ぼうとく》。

古典的優雅な街並みを持つテーマパークという患者に違法臓器移植と無改造手術を繰り返し、化粧代わりにとびきりのパンク・ボディ・ペイントでも塗りたくって組み上げた――まるで熱にうなされた時の悪夢の如きテーマパークのような、そんな場所だった。

ただただ溜め息が出てくる。

（……芸術っていうのは、質《たち》の悪い悪ふざけの言い換えかしら）

物珍しさよりも拒否感が勝るのは、ある意味で優れた白衛手段と言えるのだろうか。吐き出された内臓色に擬態する昆虫を見掛けたら、こんな気持ちになるかもしれない。

腹の底から吐息が漏れる。

確かにこれは、あの依頼人が得られるものがないと言い切るわけだ。美術館に足を運んで調べたジェレミー・西郷の作風と違いすぎる。由緒あるクラシック・オーケストラのヴァイオリン奏者が翌日から裸でブレイクダンスをし始めるぐらいに路線が異なっていた。

「よぉ……お気に召してくれて何よりだぜ、子猫《キティ》」

そう嘲りも含んだように笑う刺青入りの褐色肌とサングラスの男に、アリシアは口を尖らせた。

「アンタ……さっきのあれ、知ってたわね？」

「当たり前すぎて言うまでもねえだろ？　まさか身体検査の一つもされずにここに潜り込めると思ってたなら平和主義者《ドードー》すぎて何も言えねえぜ。それはオレのミスか？　それともオマエのミスか？　事件屋《ランナー》ネットに知恵袋でも立てて協議してみるか？」

「ぐ……うっさい。案内人なら一言言っときなさいよ」

そのせいで護身用の三十八口径リボルバーを取り上げられてしまっていた。サイバネ相手には豆鉄砲《ピーシューター》で威力も不足しているとは言え、だからこそそれなりに高価だ。一切の電子制御を持たないアンティーク拳銃は、ほとんど一部の好事家《こうずか》向けと言っていい。

（まあ、元々撃つ気なんてさらさらないけど……）

それでも警告を行ったり、相手の武器を弾き飛ばしたりと便利ではあった。一部の軍用サイボーグは拳銃弾程度を弾き落とせるにしても、だ。

ワシワシと後頭部を掻いて気持ちを切り替える。

目の前には大通りかつ大広場——ほとんどが露店やテント張りの店とも呼べない店ばかりで、そこで取引を行っているようだ。古い２Ｄ映画の、バザールを思わせる。

さて、何から手を付けるべきか。

(清掃巣箱《クリンビーハイブ》もパト・ドローンもナシ、か。街の掃除とかどうしてるのかしら)

通常、清掃巣箱《クリンビーハイブ》と呼ばれるマイクロチップを搭載した清掃箱が街角に備えられ、そこから飛び出したドローンがネズミや昆虫などへと電脳チップを搭載し生体機械化することで清掃を実行している。あるいはＡＩ稼働の掃除用のドロイドか。

だが、このあまりにも雑多な市場のような場所にはそれすら存在していない。

情報収集で判明していたことだが、このネオマイハマ芸術解放特区《アート・コミューン》には現代的な——彼らから言わせたら退廃的で享楽的で大量生産的で物質主義的な存在は許されないらしい。

要するに、アリシアの技能の半分が封じられているようなものだ。

おまけに洋上であるため電波の入りも悪い。何かやるとしたら、電波のブースターは不可欠となろう。

「んで……こっから如何《どう》する気だい、子猫《キティ》」

「ふざけた呼び方すんじゃないわよ。……事前にデータは渡したでしょ？　人捜し。アンタはこの街と、その情報提供場所に案内してくれればいいだけ」

「ふん？　じゃあ、渡りを付けてきてやるが、まだ少し早いな。……なら——」

値踏みするようなジェイスの視線に、アリシアは頷き返した。

「せっかくだから、案内をお願いするわ。ここがどういう場所か知らなければ、捜すものも捜せないから。……道案内は大丈夫、ガイドさん？」

「ミネラルウォーターでもつけてやろうか、子猫《キティ》？」

「……だからまだそこまで許してないわよ。気安いわよ」

ツン、と口をとがらせるアリシアを眺めて、ジェイスが野卑な笑いを浮かべた。

目の前には、悪魔的おもちゃ箱のような雑然とした街。

「んじゃ、ま、見ての通りだが——」

言葉に従い、改めて周囲を見回す——本当に奇妙な場所だ。

やはりなにより目立つのは、視線のあちら側に大きく聳《そび》えた城だろうか。かつてテーマパークで象徴的であったろう西洋的な城は悪魔城の様相を見せており、何故だか巨大な女王アリのオブジェがその本丸に取り付いている。他にも様々なオブジェがその足元で組み立てられては、大型クレーンで懸架されようとしていた。

幾つものクレーン。現代のサグラダファミリアなのか、どうやら増築を続けるらしい。

大通りに面した市場では、古典的な絵画や彫刻も含め、芸術品はあまり目ぼしいものが置かれていない。基本的には生活雑貨や食料品と、謎のジャンク・アンティーク・パーツだ。ドロイドの部品を摘出してきたのだろうか。

見るに、より需要が高いのは食べ物らしい。それは分かる。人間は、食べなければ死ぬ。

「……で、これ、芸術品ってどこで売ってるの？」

そう、二つ尾のような金髪を揺らしてアリシアは首を捻った。

もしここにジェレミー・西郷の筆致のものがあるなら、話は早かったのだが……。

「芸術品？　ああ、んなの、売るわけないだろ？」

「あー……商業主義への批判と反抗、的な？」

アリシアがそう問い返せば、ジェイスは額を押さえた。

「ここにいるのは、曲がりなりにも芸術家たちだぜ？」

「そうね。だから、売ってないのがおかしいって言ってるんだけど」

「オイオイオイオイ……あのなあ、芸術家サマなんだぜ？　それも外で受け入れられてないタイプの奴らだ。芸術なんて自己表現する程度に顕示欲があって、売れずにその肯定感が満たされてなくて、劣等感と自己愛がごちゃ混ぜの連中だ。……そんな奴らが、他人の作品なんて買うと思うか？　こんな場所で？」

「あっ」

「ここの奴らはプライドってのがどーかしちまってるからな。買った時点で、自分が下で相手が上だって認めるような不文律になっちまうし――」

片笑いのジェイスが、悪魔的バザールの人混みに流し目を送る。

「当然、そんな風に他人を疑ってばっかだ。疑心暗鬼ってのは、クソ弱い奴らのお得意だからな。つまり、どのみち売れるわけがないのさ。そんで、売れるわけがないモノを並べて座ってるなんて奴らのプライドが許さねえ。……な？　ここで芸術品を売るかい？」

「むぅ……」

そう言われてしまうと理がある気がした。

ピアニストだった母についてピアノをやっていた時のアリシアも――確かそうだった。母が別の子のピアノを褒めると、それが面白くなかった。ただ娘との話題であったのだろうが、言われたアリシアは意地でも他の演奏なんて認めないという気になったものだ。

「それじゃあ、どうやってお金稼ぐのよ。……まさかあの商店街、商品は無料？」

「ん？　ああ、中には本当に物好きもいて、作品と交換で飯を出すところもあるぜ。他は――まあ、作品への協力だな」

「協力？」

ジェイスが肩を竦め、一つの店を指差した。バラバラにされたチキンの絵が躍る入り口と、毒々しい色彩の店舗。

「料理ってのをある種の芸術と見てるやつもいる。そいつらに協力したら、飯を食えるだろ？　あとは映像ってのも芸術だ。今のヴァーチャルやアンドロイド利用じゃない映像作品ってのを撮りたがるヤツもいる。生身の人間を使ってな」

「……それ、プライドは許すわけ？　他人の芸術作品のダシにされてるけど……」

さっきのジェイスの発言を考えれば、矛盾があると思えなくもない。

だが、

「人間、三大欲求には勝てねぇよ。だから、プライドに言い訳を作ってやるのさ」

「言い訳？」

「簡単さ。――こいつらは一人では作品が作れない奴だから俺から協力してやってるんだ、ってな。相手のことを見下す形で、弱者ってのを誤魔化して強者ぶるのさ」

これまでで一番の、嘲り笑うようなジェイスの笑み。

心底軽蔑してそうで――同じだけ、心の底から楽しそうだった。

「たまらないぜ。外よりも明らかかな、見え見えで取り澄まさない醜さってのは。この街のことが心から大好きになる。……強いて言うなら、そうしてお忍びで外から見下しに来る連中もここの経済を回してんのかね」

「……さいてーな場所だってのは、よーくわかったわ」

脳内評価を下方修正。

そして、ジェイスの案内で歩き出した。カレンにああ言われたように――足で稼ぐために。

いくらか簡素なテントやバラックの雑踏を過ぎて感じたが、やはりと言おうか、必然的に内部はある程度の区分けをされているらしい。コミュニティというやつだ。

彫刻家、作風ごとの画家、金属加工、映像作品、そのほか……幾つも分類があり、基本的に自分の専攻に応じて集まる傾向にある、と聞いた。

「こんなところでまで学級会の真似事？　それともスクールカーストは善き青春の思い出だった？　もう少し、自由ってもんがあるんじゃないの？」

「リベラリストは学級裁判がお好きなのさ。あいつらは抑圧された権力主義者だ。だから内ゲバと魔女裁判に躍起になる。保守と権威の否定のために、それまでの人間の進歩ってもんをわざわざ台無しにしたがる手合いだ。つまりは――人間ってのは本能的に群れと階層を作りたがっていやがっていて、あいつらはそんな原始人の一員なのさ」

「……アンタの政治スタンスは聞いてないわ」

「ははっ、なあ、オイ……リベラリストだったたか？　気を悪くすんな。判りやすく言っちまうなら……自由ってのは、ブチ殺される自由とも鏡合わせだぜ、子猫《キティ》。こんな場所なんだ……一人二人消えたところで誰も気にも留めねえ。だからせめてある程度顔見知りを作っておかなければ、消えちまうのは明日のことなのさ」

そしてアリシアに対しての顔見知りというのがジェイスであるとでも言いたげに――。

そんな口調に鼻を鳴らす。正直、ジェイスのことはまるで信用できていない。オンラインでの評判も調べたし、一応は最低限のプロ意識もあると確認した。だけどほとんど、無法者よりの男だ。意趣返しに嫌がらせくらいはしてくる奴だし、実際の仕事ぶりを確認できていないのだ。

「……一応聞くけど、それに属さないで暮らす場所は？」

アリシアの問いかけに、ジェイスが肩を竦めた。

「腐ってもここはネオマイハマ芸術解放特区《アート・コミューン》だぜ。芸術に関わらないなら、ここに来る意味もねえだろうよ。描きもしない、作りもしないいじゃ周りからだっておかしな奴と思われるさ」

「……スランプってものもあるでしょ、スランプって」

「確かにあるだろうが……そうして描かなくなっちまったら、キツいぜ？　ここに来る時点で底辺みたいな連中なんだ。そこで最低限の芸術活動もできないとしたらどうなると思う？　芸術家特有の拗《こじ》らせた優越感と社会のド底辺の劣等感が混じって、そりゃあ面白い扱いを受けるに決まってるだろ？　果たして芸術家なんて繊細な連中がそれに耐えられるかね？」

意地の悪い笑みだった。

サディスティックに――人の不幸を愉しみにしている。

「……悪趣味ね、アンタ」

「オレじゃねえよ。人間ってのが、悪趣味なんだ」

ジェイスの言葉を聞きながら、本当にここは芸術とは名ばかりの場所なのだと吐息を漏らす。

ある種の選民意識が作り出した無法地帯。

そのことに、芸術と銘を打っただけのソドムとゴモラ。

あの企業支配を抜けようとも、人間の中の階層構造というのは――どこも変わらないのかもしれない。この世界にとっては。

そのことに、うんざりした気持ちになる。真綿で首を絞められるように――どこに行っても変わらない人間の風景。

（でも……少なくとも、ここにジェレミーがいるなら何かしらの発表はしてる……か。これで彫刻家に転向されてたらどうしようもないけど……）

ふむ、と顎に手を当てる。

少なくとも基本方針は定まった。ジェレミー・西郷本人の目撃証言の確認と――あとはその作品の追跡だろうか。

◇
◆
◇

サイモン・ジェレミー・西郷。

トラディショナル――とにかく彼の画風は、あえて言うなら水墨画の一種だろうか。水墨画と写実主義・水墨画と印象派。そんな風に、ひどく古典的な画風を持っている男。

彼の代表作の大半はその娘をモデルにして描いた裸婦像であり、流れるような黒髪と打ちかけただけの薄衣――幽玄の美を表現したものである。

珍しいもので言えば、トラディショナル・ゴシックロリータ風の衣装やニューパンク・エイジズ系の衣装を纏った幼少の娘の像もあるが、衣装デザイナーであった妻の死からしばらくしてそれらの絵画が描かれることはなくなった。

肉感のある幽霊画めいた、ある種の生を以《も》って死を――死を以って生を表すような妖しき筆致がそこにはあった。

ファンは一定数、いるようだ。依頼人の彼を見るに、中には熱心な者もいる。

（……さて。画家が筆を折るなんてのは有り触れていると言えば有り触れているけど）

高度に発達したＡＧＩ――汎用人工知能によって、大方の芸術作品はある意味では死滅を迎えたと言ってもいい。特に補助電脳《ニューロギア》の登場によって、人体が起こす電気的なニューロネットワークの発火を観測できるようになってそれは加速した。

それでも芸術が滅びていないことには、二つ理由がある。

一点が保護制度――つまりはある種の絶滅危惧種保護や昆虫標本めいて、人間の絵描きも一定数の社会的な存続をさせるべきだという立場からの行動。

もう一点が、投資。土地や建物のように単年で税がかからず、保守管理もそう難しくない。そして様々な価格上昇機会——つまり年数の経過や、インフレや、作者死亡に伴う希少化などが見込まれるために資産運用の面から優れた製品であること。

この二点から、現在でも存続している。特に二点目については、汎用人工知能《AGI》出力による商品ではいまださほど高価な値段が付けられない、というところにある（無論ながらごく最初期の汎用人工知能《AGI》が出力した作品というのはある種のプレミアと共に語られる）。

そういう意味で……ある程度有名になった画家が突如不審死を遂げる、という事案も存在することはしているものの……。

（あの依頼人がそれ目的とは思えないけど……そうね。画家による断筆という形でも価格の上昇は見込めるから——）

例えば、脅迫や買収によって筆を折らせる。そして彼は追跡を躱すためにこんな場所までくる——というのもあながち荒唐無稽な空想ではないだろう。

しかし、とアリシアは壁に書きなぐられたグラフィティ・アートを眺めつつ思った。

アリシアもかつて多少なりとも芸術に関わっていた人間だ。そしてアリシアはその領域まで行きつけなかったからこそ、思う。その手の人種は——己のうちから湧いてくるものを裏切れない。どんな脅迫や買収を行われたとしても、最終的に内なる衝動に抗えずに絵画や音楽という形での発露を求めてしまうだろう。

そういう意味で、この雑多すぎるほどに種々わからぬ芸術に満ち溢れた空間は、彼にとっても都合がよい場所なのではないか？

（ま、決めつけてもしょうがないけど……）

一つ考えたのは、この解放区でひそかに彼の作品が売りに出されていないかということだ。

何らかの理由で表社会では発表できなくなった作品を、このような空間で売る——もしまだ画家を続けるならば、それは彼にとってある種の魅力を持つだろう。そしてそうであれば、ジェレミー・西郷に行き着くことはそう難しくない。依頼人も、喜ぶはずだ。

何ら発表されていない場合は……若干事情が変わってくるだろうか。つまりは、描く気も起きないだけの何かがあったということだ。単なるスランプなのか……むしろ妻を失ってからより精力的に作品を発表している彼のことを考えると不自然ではあるが、何が原因で断筆するかなんてそれこそ芸術家の気分次第としか言いようがない。これも十分にあり得る話だ。

そのあたりの推論を電脳のタスクウィンドウにまとめて放り込み、アリシアは歩く。

（それにしても……意外と慣れるものね、これ）

入管後に降り立つなり、アリシアが抱いたのは奇妙な違和感だった。

違和感――その言葉が正しいのかすら判らず、しかし、周囲の景色を見回してから頷いた。

看板だ。

企業や店舗広告の多くは普段拡張現実《AR》として視界に投影されている。特に広告表示区画ともなると、非表示プランに加入しない限りはかなり雑多な音と光の虚像に悩まされる。

だがここには、それはなかった。見渡す限りどこの店舗にも――それこそ簡易テントにすらも――、アナログ的なペイントの施された色とりどりの看板が掲げられていた。

（これが所謂《いわゆる》ノレンを掲げる……って奴ね。ノレンって人のポスターが最初になったのかしら？　モデル？　作者？）

探偵である以上は事情通であり、つまりは知識人だ――。

そう内心で胸を張るアリシアはどことなく珍妙な認識のまま景観を観察しつつ、その感動を味わっていた。不可思議で不気味だが、そういう点は好印象だ。

「よぉ。気に入ったかい、子猫《キティ》」

「だからそういう呼び名はやめなさい。……でも、慣れると目に優しいわね」

「目に……？」

ジェイスが、街並みに視線をやった。極彩色宇宙の極彩色惑星から来たスーパー極彩色人の内臓をぶちまけたようなペイントがされている地面。

「……あー、悪いがストレス対策アプリは持ち合わせてねえぞ？」

「あたしをなんだと思ってんのよアンタは。ちょっとこの街のいいとこを探してあげただけじゃない」

「ハッ、その気もねえ相手のいいとこ探しなんてストーカーを生むだけだぜ、子猫《キティ》。それとも案外男心を手玉に取るのは大得意ってか？」

「うっさい。なんでも男女のあれこれに当て嵌めるんじゃないわよ」

口を尖らせ、それから、ジェイスの案内でいくつかのコミュニティに聞き込みを行った。

写実主義、印象派、水墨画——そのどれからもジェレミー・西郷の姿は見付けられなかった。なお、その娘についても空振り。未成年だったこともあり作者本人と違ってメディア露出も少なく、絵画を基にした人物像しか描けていない。

そして、彼らしき筆跡のものも出品されていなかった。

何一つ。模倣したものでさえも。

そうなると、本当に別の芸術作品に転向しているか……確かにそういう多彩な芸風の持ち主もいるとは聞くが……。

「……ねえ、本当にコミュニティ以外で暮らす場所ってないの？」

「あん？」

改めて、ジェイスにそう問いかける。

「正直――皆まとまって隠してるか、庇ってるか、何か不都合があったせいで隠してる……って訳でもないと今の条件で見つからないのがおかしいと思って」

「そうか？　別の表現に辿り着いたんじゃねえか？」

「それも思い浮かぶけど――」

　電脳の中に保存したかつてのジェレミー・西郷のインタビューを照らし合わせる。

「この人、絵を描くのにかなりのこだわりがあった人よ。一応別の方も探してみるけど、コミュニティ外のどこかで絵を描いてるってセンも切りたくない。……本当に今のところだけ？」

　アリシアの言葉に、ジェイスがバツが悪そうにサングラスを押し上げた。

「ったく……ああ、あることはあるぜ。コミュニティに交ざらずに居られる場所が」

「――！　なんでそれもっと先に言わないのよ！」

「初めにそっちから捜しても面倒だからだよ。ああ――そうだな」

　ジェイスが、指を三つ立てた。

　薄暗い路地裏を片目で見ながら、彼は、ゆっくりと口を開く。

「一つ。ここは海上フロートだ。オレたちが立ってるここの下には海に向けて作った足場がある。どうやってかその管理用足場まで行き着いて、そこに暮らすってこともできなくはない。ま、飯はどうするって話だけどな。バイオカジキでも釣り上げるか？」

「……」

「あとは足場の更にその下、だ。海かと思えば、そうでもねえ。昔の戦争に使われた橋頭《きょうとう》堡《ほ》だかなんだかが広がってて、そこが最終ジャンク場になってる。使い物にならないこの街でも、更に使い物にならないもんが集まる捨て場所だ。身を隠そうと思えばできなくもないかもな」

「……行き方は？」

「さてね。ただ、行くやつは殆どいねえさ。そこまでのルートもねえ。上の穴からゴミを捨てるだけ、だ。飛び降りてただで済むとは思えねえし、仮に無事に下に着いたとして……食いモンやらなにやら求めて、この高さまでまた上がってくるとしたら、メンテ階段利用だろ？　エレベーターなんて上等なモンはねえ――芸術家ってのはそんなに体が強くねえんだろ？」

「……」

それについては、電脳にアプリケーションを導入すればどうにかなるこの現代においては偏見だろう。ただ、飛び降りについては何とも言えない。

アリシアも五体投地・メソッドを導入しており、高所からの落下も耐えられるかもしれないが、毎回やるというのは御免だ。どう考えても幾度と繰り返せば生き残れないうえに、リスクが高すぎる。

何らかのルートが確立している可能性も考慮し、念のために頭に刻む。

「それで、最後は？」

アリシアから向けられる蒼い視線に――やれやれ、とジェイスは改めて肩を竦める。

ゴミ捨て場よりもひどい場所があるのか。

そう疑うアリシアを前に、ジェイスがゆっくりと手のひらを広げた。

「この街には、何故だか人が立ち入らねえ……ってところがときどきあるんだ」

「そんな場所が……どこ？　案内はできる？」

「最後まで話を聞きな、子猫《キティ》。どうして人が立ち入らねえのか……っていうとだな」

ゆっくりと、ジェイスの左手が形を作る。人差し指と親指を立てて、銃の形を。

「殺人ビデオ、って知ってるかい……子猫《キティ》」

「まさか……」

「ヴァーチャルじゃない。ドロイドを使ったもんでもない。そういう古典的な映像作品ってのも芸術だって言ったろう？　だったら――悪趣味なアングラ・ヴァーチャルポルノでも、ドロイド破壊ムービーでもないガチの殺人ビデオを芸術作品って見る奴もいるさ」

「……イカレてるわ」

「じゃなきゃ、まともな医者もいねえようなこんな街に来るかよ。さて――まあ、噂で、あまり人が寄り付かねえって場所もあるが……どうする？」

その問いに、即答はできなかった。

確かに——なくはない話なのだ。幽玄の美、生と死のはざまを思わせる絵を描いていたジェレミー・西郷。それが、バランスを間違えて——もしも死の方に傾きすぎてしまったなら？

それは、現代社会を離れるには十分な理由。

暗雲のように——ジェイスの言葉が、脳裏にかかった。

……そう。何故、彼は、この街に来なければならなかったのだろうか。

◇◆◇

結局のところ、午前中いっぱいは空振りに終わった。

そう広すぎるとは言えない街だと考えていたが——……それでも人が住んでいるだけはある。聞き込みも、簡単には進まないということだ。

ひとまず、考えなければいけないことは三つ。

一つ。『ジェレミー・西郷らしき人影が画家のコミュニティで目撃されていないこと』。

二つ。『ジェレミー・西郷と思《おぼ》しき筆致の作品が出回っていないこと』。

三つ。『そのそも何故彼はこのような街に来なければならなかったのかということ』。

最初の二つに関しては、残る芸術家のコミュニティも捜してからだ。

そこでも見つからないとなると、彼がコミュニティに拠らない場所で暮らしていることを考えなければならなくなる。

三つ目に関しては——この街では確かめられない。その情報は、外でなければ集まらない。とはいっても、この街でより探索を深めて——どうしてもここでなくてはならない特色を見付けられたならば、何か、こちらでも確かめられるだろうか。

いよいよ本当に探偵らしい仕事だ。カレンが居たら、愉快そうに物語でも聞くかの如くにこちらに問いかけてくるだろうか。

なんにせよ——……ここまでは、探偵としての仕事だ。

だが、アリシアは、正しくは探偵ではない。

「さて……じゃあオレは、情報通って奴らが集まるところに渡りを付けてきてやるが——オマエはどうする？」

「こっちはこっちで情報の集め方ってもんがあるの。あとで合流でいいわ」

「じゃ、宿の場所だけ教えといてやる。ジェイスの紹介って言えばまともな部屋に通されるだろうぜ」

「……どーも」

そうして、後ろ手を振ってジェイスは雑踏に紛れていった。

　一応、その手際は腐っても事件屋《ランナー》ではあるらしい。

　途中、ドロイドを破壊して融合して溶接させたような――実に近代冒涜的なオブジェに鼻白みながら、ジェイスから預かったメモを元にホテルを日指す。

　こんな場所では身軽でなければ話にならないと、置くような荷物を持ってきてはいないが……しばらく歩き詰めだった。一度、どこかで腰を落ち着けるべきだろう。

　そう思ってのことだった。だが……

「はあ!?　支払いができない!?」

「できない、じゃなくて電子マネーを受け付けてないってんだ。むしろ払ってもらわなきゃ困るぜ。うちも慈善事業じゃないんだから」

　辿り着いた先のホテルのフロントで、アリシアは声を上げた。

　フロントとは名ばかりなレベルのシャッター式のエレベーターの前に据えられたカウンター。意味の分からない骨董品やオブジェなどを並べた痩せぎすの店主は、飄々《ひょうひょう》と肩を竦める。

　予定違いと言っていい。事前の打ち合わせと話が違う。

　念のために企業共通エリア仕様の紙幣や貨幣も用意はしたが、それでも足りない。聞いていた値段と違う。完全なる一私企業都市に立ち入る際には独自の社内通貨を用いている場所もあったが――そういうところは、大体入管に為替取引所があった。

ここにはないのだと安心していたが――まさか。

「なんでこんなに高いのよ……よっぽどのルームサービスでも付いてるの？」

「さあ。少なくともうちはシャワーがついてるのが大いなるウリだ。真水のシャワーがな。それにお嬢さんなら、鍵がない部屋なら別のルームサービスが貰えるかもな。真夜中に。外からの客ぐらいしか使わないもんでね、取れるものなら取っておくべきさ」

せめて鍵がかかる個室のある場所はここだと言われて訪れたが――まさか、こうもなろうとは。

（中枢神経系に干渉すれば、寝ないで動くこともできなくはないけど……）

当然、パフォーマンスの低下はある。

補助電脳《ニューロギア》といえども万能ではない。それは、脳の作り出す信号に干渉することはできても脳の器質そのものに手を加えることができないことだ。つまり、疲労を感じないことはできても疲労そのものを打ち消せない。一切の休息なく脳を働かせ続ければ、体内で発生した生体有害物質やら何やらで、三日も続ければ不調が表れ、それ以上となればどうなるか分からない。それは意識や信号ではどうにもならない部分だ。

……当然、やろうと思えば無銭飲食も無銭宿泊も思いのままだ。ちょっとばかり店主の意識に干渉すればいい。適当なコインを渡して、それを料金だと思わせてもいい。アリシアにはそれができる。だが――。

それは、己の流儀に反する。そう悩み続けてしばらくだった。

「下着でいいぜ」

「…………………は？」

「だから、下着でいいって言ってるんだよ。現物支払いで。ちゃんとお釣りも渡してやる。あとはこっちで売ってやるから」

「はぁぁぁぁ!?」

とんでもないクソセクハラだ。脱げと。売れと。

その時点で、電脳をめちゃくちゃにしてやろうかと思った。だが、

「手数料は差っ引かせてもらうけどな。それでも、持ち合わせがないよりいいんじゃねえの。ここだとどこも電子マネーなんて使えないぜ？　なんのために来たんだか知らないが、手持ちなしで何かできんのかね？」

「ぐぅ……」

店主は、そう、何事もなさげに言う。

ほんとうに、ごくごく当たり前の経済活動のように。

アリシアの胸部や他を値踏みするような目線を感じるが——手数料というその言葉が、逆になんだか本当めいている。個人的な欲求ではなく、本当に売買されるのだと。

「んで、どうするの？　売るの？　売らないの？　売るんなら、上と下をセットにするの

か、単品なのか、サイン付きとか写真付きとかで値段も変わってくるが――」

「そっ、そんなもの売れるわけないでしょ!?　本当にそういう風に売ってるみたいな言い方やめなさいよ！」

「いや本当にそういう風に売ってるんだよ。店を紹介してやってもいいよ」

そう、パンフレットのようなものを手渡された。誰向けなのだろう。これが古典芸術とでもいうのか。宿泊客向けなのか。宿泊客はそういうものを求めるのか。理解ができない。ただ、どう考えてもアリシアへの思い付きのセクハラというには手が込んでいて――

「～～～～～～～～～～～～～～～っ、お、お断わりよ！」

それでもやっぱり、無理なものは無理だった。

◇
◆
◇

足早に昼過ぎの雑踏を進む。

許せん。何もかも許せん。案内人の癖に、少し見直してあげたのに、嫌がらせを欠かさないジェイスも仕事人として許せん。当たり前のお金のやり取りのように清らかなる乙女の下着を、それにこんな外見の整ってる自分の下着を安く買いたたこうとしてくる店主も許せん。そんな男たちにまんまとしてやられそうな自分も許せん。一向に見つからないジエレミー・西郷も許せん。

イライラで、空腹が進む。もちろん電脳処理で感覚を消すこともその先の自食作用《オートファジー》を止めることもできるが、栄養が物理的に足りないというのはどうにもできない。無論、餓死にははるかに遠いので感覚さえ消せばどうにでもなるが。

（あたしがおかしいの？　仕事におかしな私情を持ち込むのって当然なの？　そんなくだらない嫌がらせまで考慮しなきゃいけないの？）

嘲笑うようなジェイスの顔が思い浮かぶ。

確かに――――まんまと彼の言葉を信じてしまったのは自分のミスだ。電脳社会で情報が集まりにくく裏取りが難しいネオマイハマ芸術解放特区《アート・コミューン》という場所であったにせよ、本当の意味で完全にベストを尽くしていたと言い難いのは自分の失策だ。

だけど――――また、それとこれとは別に。

あんな風に、仕事に託《かこつ》けて嫌がらせや性的嫌がらせをするのは正しいのか？　それが当然の態度なのか？　それに憤る自分の方が未熟なのか？

（いいえ、いいえ……違うでしょ。仕事をするに未熟なのは、絶対にあいつらの方よ！）

自分のミスは自分のミスで認める。それはそれで、彼らが職業人として外れものだという評価はきっと誤りではないはずだ。

ぐ、と拳を握る。

ものすごく腹が立つ――ものすごく腹が立つが、事件屋《ランナー》としての仕事の時間だ。

探偵――いいや、電脳探偵としての。

（木を隠すなら森……獲物を見付けるなら、水場よ！）

そして、また、あの入場直後の広場に――バザールに足を運ぶ。

ジェレミー・西郷が今どこで何をしているかは知らないが、生きているなら、生物なら、内臓系を全部機械に置き換えていないなら、必ず食事を求める筈だ。そして食事をするところに集まる人間は、他にもその手の店に行っているだろう。

簡易テントたちに面した広場。幾つも幾つも、食べ物の匂いが漂ってくる。

そういえば自分も朝少しパンを食べただけだったな――と考えつつ、電脳内でソフトウエアを起動する。

〈フゥン？　わざわざご苦労ね、アリシア。そこまでするほど気に入ってくださって？〉

――馴染みの情報屋《フクロウ》の少女＝人間的図書館／図書館的人間の言葉がリフレインする。

この街に来るまで数日間、無策でぶらついていた訳じゃない。並行して、必要な情報を掻き集めていた。サイモン・ジェレミー・西郷に関して表で手に入るデータを。

それには当然、彼自身を映した映像も含まれる。

そして――

「よぉ、そこのロリータセクサロイド。あんたに似合うとびっきりホットな服を――……

お？」

アリシアに声をかけた露店商の男性が、首を捻る。

他に、プラスチック容器の中の麺を啜りながら企みの笑みを浮かべていた男も首を捻る。

道化師に扮装してジャグリングをしながら電脳盗撮していた男も、首を捻る。

似顔絵を描くふりをしながらアリシアのバストを模写していた男も首を捻る。

誰も彼もが、今自分が何をしていたかを忘れたかのように——正確に言うならその目標を見失ったかのように、小さな困惑に包まれていた。

雑踏に生まれた小さな真空。

その中を、一人、足早に歩を進める。

（コイツでもない……こっちも違う——）

アリシアの視界にのみ投射された青白い蛍光色の糸——仮想量子線《ストレイライン》。

・・・・・有線的な無線接続を可能とする仮想のラインが人々の頸部に伸び、接続と同時に次々と情報の捜索を開始していた。

誰も彼も数年前でセキュリティが止まっている。侵入なんてわけもない。

膨大なその記憶野を進む電子の猟犬——喩《たと》えるなら電脳的使い魔。入手したサイモン・ジェレミー・西郷の画像から作り出した3Dモデルと、それを捜索対象として指定された高度AIプログラムが同時並行的に人の頭脳の内側を走り回った。

しかし――

（――っ、しまった。ヤク中《ジャンキー》……こんな街なら、当然と言えば当然だろうけど）

雑踏の中に紛れた爆弾のようなそれにぶつかったアリシアは、顔を顰める。

補助電脳《ニューロギア》に深く接続することの問題点の一つ。

相手の記憶や感覚と接続することによって少なくないフィードバックを受ける。古典的なドラマの中の超能力者が読み取ってはならない犯人の感情に同調してしまうように、その肉体的な感覚およびそれに基づいた記憶が引き摺《ず》り出され、溺れさせられる。

無論ながら、そこに安全弁《セーフティ》も設けてはいるが、あまり過度で膨大な刺激に直面してしまえばその限りでもない。更に一人一人の感覚ならともかく、こうして同時かつ複数に接続していればなおさらである。電脳操作に必要な集中を乱されてしまう。

（……だから、言うほど万能でもないのよね）

吐息と共に真空パックのストロベリーフレーバーのミルクを取り出し……いや。

（しまった……取られたんだ）

苦虫を噛み潰したように顔を顰めてしまう。

嗜好品――こういう自己の感覚を思い出させるものは、大切だ。それが己のよりどころとなり、無数に積み重なる生体情報の嵐の中でも己の輪郭を際立たせる。

あと何度接続による洗い出しができるか。他にも多く薬物中毒者《ジャンキー》がいれば、先に集中が切れるのはアリシアであろう。――いや、断じて、音を上げるものか。

何としても、意地でもやり遂げてやる。自分のことを下に見てきた相手も、あんな風にプロ意識のかけらもない相手も、全員見返してやろうと思うぐらいに。

気を取り直し、再度接続を行おうとした――その時だった。

「探偵《アカイヌ》というのは、考えなしの出歯亀の一種か。……勉強になるな」

そんな聞き覚えのある青年の声が、屋台の蕎麦《そば》を啜る音に紛れて聞こえてきたのは。

◇◆◇

相も変わらず涼やかな――としか評せない白髪の青年の顔。

要するに、気取っていて、冷笑がちで、余裕ぶっているとしか言えない顔だ。つまりは腹立たしい。そういう顔だ。どう整っていようと願い下げの顔だ。

「何よ……またブッキング？　それとも、あたしの殺害依頼でも出た？」

「……もう少し自分の価値を正確に判断すべきではないか。そう高く見積もられていると思いたいのは自由だが、致命的な齟齬《そご》を引き起こすぞ」

「……嫌味男」

口を尖らせ、彼の座る長椅子の端に腰掛ける。どうも、二杯目の蕎麦に手を付けたところらしかった。

湯気の向こうでドロイド補助もなく湯切りする店主の姿を横目で見る。

改めて思えば――これも珍しい光景なのだ。そのままジロジロと、値踏みするように店内を眺めながら、言う。

「それで、一体何の用？　まさかまた偶然――とでも言う気じゃないでしょうね？」

「偶然だが」

「は？」

ポリポリとトラディショナル・ピクルス――つまり漬物と呼ばれるそれを齧《かじ》る兵衛が、平然と言い放った。

偶然。

あまりにも出来すぎている。こうも立て続けに遭遇して？

「……オーケー、お互いプロとしての話をしましょう。アンタはアンタでやることがある。ここに目的があって来た……でも余計なトラブルは望んでいない。アンタもあたしも。それでいいかしら？」

「そうだろうな。プロならば、余計な仕事は避けるべきだ」

「なら――」

話が通じるようで何よりだ、と肩を竦め、

「どうしてまたここに？　偶然なんて言い訳は通じないわよ」

「偶然だ」

「は？」

「偶然」

「はあ？」

不愛想に言い放つ兵衛は、ドンブリを傾けて蕎麦の汁を啜っている。

雑踏の喧騒に、暖簾《のれん》下の二人が呑まれる。

かくなる上は仕方がない——と、半ば苛立ち交じりに仮想量子線《ストレイライン》を伸ばしたその時だった。

眼前に突き付けられた、箸。

遅れて、風が吹き抜けた。剣気の風だ。

「余計な素振りは見せないことだ。……この距離なら、いくらでも命を奪うことは容易い」

電脳魔導師《ニューロマンシー》にしか見切れないはずのその攻撃を見切り、あたかも前々からそこに置かれていたかの如くに箸をアリシアの鼻先へと突き出していた。

背筋に怖気が走る。これがもし切っ先ならば、アリシアの首は刎《は》ねられていたであろう。

いや——……

「……なるほど、入管で刀は取り上げられたってこと？　それとも、武器の調整かしら？

ここにはド偏屈な鍛冶屋《カタナシ》も居そうだものね。それにしても、アンタみたいな男が道具を手放すなんてね」

　そう、アリシアは片頬をつり上げて笑った。虚勢だ。虚勢だが、事実でもあった。兵衛はその特徴的な大小のカタナを伴っていない。そうであれば、今頃アリシアの首と胴は泣き別れになっていよう。

　この男がやすやすと武装を手放してまでこんな街に入ってくるとは思えず――無論素手でもなんとかしそうだが――より可能性が高いのは、ここに武器のメンテナンスを行う職人が居ることだろうか。高周波ブレード使いの中には純正品ではなく過去に作られた刀剣を刃として用いる者もいると聞いたが、それなら頷ける。

　現代にあまり居場所がない本物の鍛冶師なら、確かにこんな場所に逃げ込むのもあり得るだろう。大量生産と、物質主義的と、電脳主義的を厭《いと》って。

「なるほど、その程度の観察眼はあるとは。優秀で実に何よりだ」

「上から目線で腹立つわねコイツ……」

「優秀、と褒めたが？　先日よりは、探偵らしくはある」

　特に意外そうな表情も見せなかった兵衛は、箸を戻してまた食事に戻った。驚きの一つもすれば可愛げがあるというのに、全くもって可愛らしくない男だ。褒められても嬉しくない。

まあ――……仕事《ビズ》でないのは事実だろう。

だとすれば、主武装を手放すのは愚かを超えた何かだ。人管で没収されるとなれば、また、別のルートを考える。アリシアでもそうする。となると――……本当にただ柳生兵衛はこの場所を偶然訪れたに過ぎないのか。

吐息と共に、懐からプリント写真を取り出す。

「一応聞いとくけど……アンタ、この男に見覚えは？」

「報酬もなしに情報を話すのが、君の知る事件屋《ランナー》か？」

いちいち厭味ったらしい物言いだ――と思いながら、アリシアは腰を上げる。これ以上ここにいても頭の血管を追い詰めるだけだ。美容にもよくない。

「まっすぐ家に帰りなさいよ、浪人《ローニン》」

「確約はできないな、学生」

ひらひらと手を振って雑踏に紛れる。

抜き身の殺気を叩き付けられたからだろうか。思った以上に消耗した。

わしわしと、金髪を掻く。非常に腹立たしいことこの上ないし未だに不満があるが――改めてこの男を見て、闘志が湧いてきたのは確かだ。別に対抗したいと思ってる訳じゃないが……じゃないったらないが……そういうわけじゃないが……兵衛がいるこの街で、変な意地を張って醜態を晒す気になれないというのも事実。

覚悟を決めるしかない。不退転の覚悟を。

一通り捜しきったら、ひとまず宿に向かうべきだろうか――と人混みを進んでいく。

そんなアリシアを見送りつつ、

「店主、もう一杯を」

「二杯で十分ですよ」

「いや、四杯頼む」

古風な閉じられ方をした依頼書を懐から出し、柳生兵衛は金の瞳を細めた。

◇◆◇

なお、

「……ぐ、う、鍵のついた部屋！　内鍵とチェーンのある部屋！　シャワーも！」

「あいよ。写真とサインはどうする？　上下セット？」

「すっ、するわけないでしょ！　上だけよ！　上だけ！」

「じゃあ、お釣りはこれね」

淡々と処理されるのが、とてつもない辱めに感じた。

勿論、それ以上の辱めもあった。物陰で自分が脱いだブラを手に取られたとき、本当に殺してやろうかと思った。

覚悟。

不退転《ノーブラ》の覚悟。

（うぅ……落ち着かない……前言撤回……！　やっぱり最悪の場所だわここ）

胸元を隠すように腕を組んでホテルの前でジェイスを待つ。とにかく、視線が気になる。タイトに張り付く服装なのが——胸のせいで——余計に恥ずかしい。ノーブラで表を出歩くなど、これまで経験したこともない最悪の体験だ。

空は薄暗がりに変わってきていて、結局一人で行った午後の調査も空振りだった。

飲食店に来た客たちの電脳の記憶領域も、画家以外のコミュニティも——どちらも失敗。本当に、サイモン・ジェレミー・西郷という男の影はこの街にない。ヤク中《ジャンキー》ばかりだ。

完全に不自然なほど……いっそ、殺されてしまったと考えるべきかとも思えてくる。しかしそうならそうで、やはり、目撃情報が全く存在しないのが不思議だった。……外に、目撃証言が流されているというのに。

そんな思案の中、宵闇に溶けるような浅黒い肌の男が現れた。

「よぉ、子猫《キティ》。あー、なんだその顔……一人ぼっちにされて寂しかったか？」

「アンタ……電子決済できないじゃない……！　あたしが聞いたときは問題ないって……」

「あー、そうだったか？　いや、オレが前に居たときはできた筈なんだが……ちょっと見ないうちにルールが変わったのかもな」

何事もなさげに笑うジェイスへと、臍《ほぞ》を噛む。

内部情報との食い違いなど、案内人としては恥ずべき点だ。

それを悪びれもしないどころかアリシアへの嫌がらせのように溜飲を下げるなど――事件屋《ランナー》としては有り得ない。

（コイツ……見誤ったわ。こんな嫌がらせまでやってくるなんて……ちょっとは見直したと思ったのに……！）

街の案内のときは、さほどおかしな様子を見せなかった。

むしろ、十分に案内してくれていたと言っていい。

だから、ひょっとしたら――何かの間違いだと、彼も無実なのだと思いたかった気持ちも少なからずある。

だけれども、やっぱり、ジェイスはあの第一印象の通りだった。

（プロ意識の欠片《かけら》もない……サーバー上での評価はそこまで悪くなかったってのに……）

一応そちらの裏取りもした。

評価者のアカウントは実在する人物たちで、誇大広告や偽装評価ではないとは確かめたが……思えば違うのだ。そもそもこんな男に依頼するような人間が真っ当かという点がある。同じような感覚の人間とつるめば、それは、際立った悪評には繋がらない。そこを失念したのは自分のミスだろう。

「それで、一応クラブの方に渡りを付けてきてやったが……すぐに向かうか？」

「……そっちは後回しでいいわ」

「そうかい？　せっかくのイベントがあるってのに。……ま、明日もやってるからいいか。そんで、探偵サン？　どうやって捜す気なんだい？」

小馬鹿にするようなジェイスの目線に、僅かに思案する。

今日はもう、この男を案内役と思わない方がいい。信用以前の問題だ。これまでも裏のある情報屋などに出会ったことはあるが、それとは話が違う。この男からは児戯じみた嫌がらせや衝動的な陥れも有り得る。通常とは、また違う意味での警戒が必要だった。

そして、短い沈黙ののちに、

「……ここのコミュニティって、何があるのかもう一度教えてもらえる？」

改めてジェイスに問いかけた。

怪訝《けげん》そうに顰められる眉。

まともな答えがこの男から返ってくるとは思えない。しかし、仮にも案内人という建前を取っている以上は――彼もそれなりに整った論を吐く必要がある。そればかりは誤魔化せない。

あとは、古式ゆかしい物語の探偵のような弁舌にて真相を暴くだけだ。

「さっき説明したじゃねえか。芸術ってのは詳しくないから、ざっくりしたことしかしゃべれねえよ。もっと詳しいやつを紹介しろってんなら、さっき言った例のクラブでも行け」

「そうね。……じゃあ、質問を変えるわ。例えばここで、芸術に関わらないで暮らしていくにはどうしたらいいかしら」

「あん？　だから、朝にも言ったろ？　腐ってもここはネオマイハマ芸術解放特区《アート・コミューン》だぜ。芸術に関わらないなら、ここに来る意味もねえだろうよ」

「あの露店は？」

「え？」

「お蕎麦出してるところ。他にも色々あるでしょ？　特に、大きな捻りもない場所。あの人たちって何か芸術的な創作料理でもしてた？　確かに——今時珍しいこともやっていたけど、芸術活動のつもりはあるのかしら？　あの人たちは、どんな芸術活動って言ってるの？」

　初めに依頼人に言われたとおりだ。ここではジェレミー・西郷の身になるような芸術があるとは思えない……と。その時は偏見だと思い、実際のところそれに偏見は混じっているだろうが——ある意味での真実なのだ。すべてが芸術では成り立っていない。

「チッ。そういう意味なら……そうだな。まあ、あんな風な飯を売るってのは、大掛かりな芸術活動とは言えねえよ。やろうと思えば簡単にできる。少なくとも、画家がいきなり彫刻家になるよりはやりやすいだろうさ。そういうことだろう、子猫《キティ》」

「……」

「簡単に調理して出すだけだからな。よっぽど凝ったものでなきゃ――アイツらは現代物質社会にはない温かみのある食事っつってるが――まあ、そう難しくない」

「……」

「あとは、ジャンク品漁《あさ》りか？　ああ、最下層の廃棄場とは別の場所でな？　理想のオブジェを作るための必要過程でその不用品を――って言ってるが、まあ、これも難しくはねえだろうよ。それと女なら――娼館か？　男でも、まあ、いけるか？」

「しょっ⁉」

「ああ、芸術活動だぜ。映画活動だ。フィルムを回して、アドリブで演技をするって活動だ。トラディショナル・ポルノ・グラフィティってな。ただ偶然、片方がその日来ただけの素人って話さ、カントクだっているぜ？」

「……なんて回りくどいことしてんのよ」

頭に芸術ってつければ何でも芸術とでも言いたいのか。

とんだ建前社会だ。

　現代物質主義的社会からの脱却を謳いながら、その実、おかしな因習ルールに囚われた村めいている。ここで芸術に関わらないということがよほど酷い扱いを受けるのだろうか。一種の選民思想めいていた。

「まあ……何だっていいわ。夕食がてら、その辺を当たるわ。別に必ずしも本当に芸術に関わらなければいけないわけじゃない、ってルートが見付かったってのはいいことよ」

「へえ？　働くのか、娼館で」

「働かないわよ!?」

「ああ、芸術活動への参加だったな。よかったじゃねえか、女優デビューできて」

「そんな不本意なデビューあるわけないでしょ!?」


　そうして——……補給した。調査した。そしてホテルのベッドに倒れこんだ。

　得られたのは、ここのスシはまともじゃないという情報だけだった。

　今日一日。

　本当に、何から何まで空振りである。————いや、

（わかった事は、いくつかあるわ。まず、ジェレミー・西郷は表に顔を出せていない。何らかの事情があるにしろ、単に事件に巻き込まれたにしろ……芸術家のコミュニティに関わっていない。そこには、いない。ここで発表された作品もない）

一先ず、依頼人への報告書にはそう記せる。

必要部分を抽出した記憶データも提出すれば、十分に調査は行ったと報告できる。

ここからは、その上で――の話だ。

（ジェレミー・西郷の行方として考えられるのは大きく三つ。一つ目が、何かの事件で既に命を失ってしまっていること。二つ目が、例のフロート橋脚や最下層の廃棄場なんかの場所に隠れて暮らしていること。三つ目は、誰かに保護か監禁されていること）

一つ目は、一番想像に難くない。これに関しては、例の人が立ち寄らない地区を調べれば何らかの手掛かりが現れるだろう。

二つ目に関しては……本当に行き着けるか分からない以上、下へのルートがあるかないかの探索だ。ただ、これにはここなりのやり方があるだろう……まぁ、それでも自分には、十分に調べる力もある。

三つ目が、最悪ではないにしろ……困ったケース。

そして、そんな可能性を思うだけの理由はあった。この街を見回ったうえでそう思えてしまう理由が。

（あとは……そうね）

かび臭いホテルのベッドに寝ころびながら、天井を見上げる。

既に室内に目掛けて、やたらめったらに仮想量子線《ストレイライン》は伸ばしてある。

それは電脳魔導師《ニューロマンシー》のみが感じるある種の共感覚——視界に映る仮想の線だが、機械との電子接続に関わるものだ。つまりは、通電する。それを利用した電子機器の察知や空間や材質の把握にも応用できる。ある種の——触覚レーダーとも言おうか。

最低限、おかしな通路や機器がないかは確認済み。念のためにドアにもトラップは設置済み。一応の安心を得た上で、天井を仰ぎながら思考を巡らせる。

（もう一つ考えるべきは……理由よね……）

ジェレミー・西郷が、何故ここに来たのかだ。

今回の検証で、まず、彼が画家として刺激を求めてきたという線は完全に否定された。それなら一度なりともそのあたりのコミュニティに顔を出していないのはおかしい。目撃証言を、その記憶を一切拾えないあたり、おそらくこの可能性は薄い。

スランプで、現代社会を捨てようと思ったという件は否定できない。まだ何か所在についての見落としがあるか、アリシアらに気付かれないような潜り方をしているかもしれない。ジェイスの案内がどこまで正確なのかというのもある。

ともすれば、外見を完全に整形して失踪していることも有り得る。ただ、逆に、そうなると……わざわざこの街に来る必要がないとも思えた。外見改造をすれば、外でも生活が可能だろう。こんな不便な場所まで来る、別の理由が必要だ。

（補助電脳《ニューロギア》を辿られたくない……ってセンかな。ここなら電波の入りも悪い）

他に——他にこのような場所でなければならないことはあるだろうか。

借金の取り立てから逃げている……のは有り得ない。画家の収入の相場は不明だが、売れていた筈だ。命を狙われていたという話も聞きはしなかったが、絵画の希少価値を高めるために殺されるという可能性もなくはない。つまり、安全のためにここに来たというものもまぁ、あるか。

（……要検討ね。ここに企業のエージェントや保安官《アオイヌ》が居ないってことは、つまり、消そうと思った人たちが入り込んだらやり遂げるのも難しくないってこと。正直安全性よりリスクが結構大きい気がする。んー……あたしは武器を取り上げられたけど、サイバネならきっと持ち込める。つまり始末人《モンド》は来れる。……あの係員なら、賄賂《わいろ》でも受け取りそうだし——）

きっと、この街の内部でも入手ができる。

例えば、あの柳生兵衛がここに鍛冶屋《カタナシ》を求めてきただろう件を見るに——武器の調達も可能だ。

（あとは……そうね）

ざっと思い付くのは、売春かドラッグだ。

売春に関しては、表の企業都市でも……人間に対するものもガイノイドに対するものも登録性で許可されている。そこにも掛からないほどのよほど特殊な性癖なら——まぁ、ここに来るのも有り得ない話ではない。例えば昼前にジェイスが言った殺人ビデオのように。ドラッグは、十分に想定し得る。表では違法だ。従来型の大麻や向精神薬などの他に電子ドラッグ――補助電脳《ニューロギア》に干渉して脳内物質を操作するドラッグもオンラインには存在しているものの、やはりいずれにせよその使用は違法となる。

スランプに悩んだ画家がドラッグに手を出し、ついにはこんな場所まで来てしまう……というのもストーリーとしては頷ける話だ。

午後の調査でこの街には相応の薬物中毒者《ジャンキー》たちがいるとも確認できた。

ここで引っかかるのは、愛娘まで連れてきたことだ。命を狙われたなら判る。だが、特殊な性癖の売春のために娘を連れてくるだろうか。ドラッグのためなら――最悪の想像だが、娘を連れてくることもなくはない。

彼の家族関係を、より洗うべきか。それはここではできないので――何らかの手段で、外部との接触を行わなければならない。これに関しては、仮想量子線《ストレイライン》の射程距離もあるためにこんな寂れた海上フロートでは通信も難しい。

（……電波、ねえ）

むう、と首を捻る。ここが廃棄されたとは言え元が海上フロートならば、何らかの設備は残っているかもしれないが……。

そしてもう一方では――この解放区について知らなければならない。外でも評判の画家が、それまでの生活を捨ててでも来なければならないだけの何かがこの街にはあるのか。

つまり、なんにせよ、もう常道での捜査はできないということだ。

この都市のより暗がりの側に触れなくてはならなくなる。この都市自体がもうほとんど無法地帯のようなものだが、その更に下の方へと——。

「オーケー、オーケー、オーケー……あたしは探偵よ。依頼人のためにも、真相を突き止める必要がある」

そう、震えそうになる指を握り込む。

荒事には心得があるが、ここはアウェーで海上の孤島だ。そして公権力も及ばず、別の事件屋《ランナー》も頼れない。そう思うと、不安になりもするが——決めたのだ。こう生きると決めたのは、自分自身なのだ。今更、弱音なんて吐いてはいられない。

「……娘さんは、どんな気持ちなのかしら。こんな場所でも——一緒に居れて幸せ？」

ぽつりと呟いた言葉が宙に消える。

雨の路地裏——自分のことを忘れて別人になった母。実は父ではなかった父。自分だけに見える青い線。暴走する車。襲撃者。そして、輝く聖剣を携えた白銀の全身機工甲冑《アーマースーツ》の背中。

事件屋《ランナー》の頂点近くに立つ青年。

現代にあって潰《つい》えぬ騎士の幻想。金髪のアーサー王。深淵歩きのアーサー。アルトリウス・ウォーカー。

あの日の輝きのように、照らすと決めたのだ。

幼きアリシアを救ってくれた――憧れの、その彼のように。

「……よし。あとは明日。ここで投げ出すなんて、あたしじゃない。……うん、あたしじゃない。依頼人さんも待ってる。……よし、頑張ろ。頑張るぞ」

毛布代わりにトレンチコートをかけて、体を丸める。

まさに眠りに落ちようとして――

（あー……シャワー……）

ふと思い出す。

基本的にはいつも朝のシャワーにしているが、随分と街中を歩き回らされた上に、下着の替えがない。清潔にしない理由は全くないだろう。

ふう、とコートを投げる。洗面所は、トイレと一体型の手狭なユニットバスだった。あまり頑丈そうには見えないバスタブで、いざ銃撃されたときに隠れてもこれでは生き残れまい。

鏡に向かい合い、百面相。いつも通り――少し、薬物中毒者《ジャンキー》との接続をしてしまったために疲れが見える。自分ではなかなかのものだと思っているが、まだどうにも幼さの抜けない顔。

吐息を一つ。

バトルワンピースの上から胸元を締めた肋骨ガードの戒めを解き、伸びをする。制限を解かれた乳房がたゆんと揺れた。九十センチ台の後半で、無意味にアルファベットの八番目。

扉が、ぱたんと閉まる。

程なくして、跳ねるような水音が零れ始めていた。

◇◆◇

冷ややかなシャワー室の空気に、二本の尾のような金糸の髪がふわりと揺れる。

もしも今、ここに立ち会うものが居れば――背徳的な感覚を抱くであろう。

浴室の鏡に晒したバトルワンピースはその体型につられて裾が引き上げられ、さながらタイトミニスカートめいて、ハリとツヤのある涼やかなる白い太腿《ふともも》を大胆にも露《あら》わにする。

その腿肉の持つ曲線美は華奢ながらにやはり女性のもので、彼女が二次性徴を迎えているると知らせるには十分だろうか。

脱ぎかけの服の、その胸元を鏡越しに見詰めるアリシアが吐息を一つ。

「アイツら……ジロジロ見て、相手がどれだけ嫌な気持ちになるのか分かってないのかしら」

お椀のように弾力のある二つの乳房の真ん中に縦に走った深い谷間を、恨めしげに蒼い瞳が眺める。サイズ故それがどうしても晒されてしまうこの服に、彼女は不満を隠せない。

仕事だから――……アリシアが耐えられる理由はそれだけだ。気取り屋である彼女は仕事に応じて探偵という仮面を無意識に被り、だからこそ、かろうじて動じずにいられる。それが日常生活なら、その羞恥は彼女の器を簡単に溢れ――きっと瞬く間に赤面し、乳房を抑え込むように必死でその胸元を覆い隠すだろう。

そして、口を尖らせたアリシアの小さく細い指が服の胸元を掴んだ。明らかに小柄を示す小さな手は、彼女がピアノをやめてから成長もせず、ペットボトルを握るにも精一杯なほど。

そのまま頭へと引っ張られる服は、名残のようにその下着も着けぬ乳房を道連れにして上に伸び、やがて、引き抜かれると同時に肉厚の白い果実めいた巨乳を弾ませた。

九十七センチ・Hカップ。身長百五十センチ前後の矮躯。

男の手にも収まりきらぬそこだけは、同年代の水準を超えている。

「はぁ……もしかして、また大きくなった？　身長育成アプリも意味ないし……なんで成長ホルモンこっちにいくのよ……」

うーっと、恨めしそうに猫のような青い目を細めて鏡を睨む。

小柄。華奢。幼い。

同年代と比べても明らかに低身長な肉体。同じだけ、肉付きが薄く折れそうに細い腰。

見た者に涼しさをも感じさせるほどに細い手足と相俟って、壊れやすく儚い――どこか妖精めいた現実離れした幻想的な美を持っている。

しかし、それでも全体的に丸みのある身体は、彼女が既に成熟したと思わせるにはあまりに十分すぎた。そのアンバランスさを持つ少女性と女性性が、訳もなく官能を刺激する。

そしてその不釣り合いな煽情を際立たせるのは、残るショーツもまた同じだった。

僅かに弾力のある白い下腹部を覆う淡いピンク色の布地。

白磁の如き丸い尻を彩るように、柔らかな桃色のバラの花弁を集めて下着を編んだかの如きフリルレースに満ちていた。可愛らしくもあると言え、また、体格とは裏腹に煽情的であるとも言える。少なくとも、探偵という肩書にも学生という肩書にもやや見合っていない。

細いゴム紐が彼女の指にかかり、ゆっくりと引き抜かれる。片足ずつ。尻を突き出して。前のめりに乳房を重力に従わせて。

やがて脱ぎ捨てられて放られたそれは、彼女としても些《いささ》か不本意なものである。

「……はぁ。なんで戦闘用の下着はもう少し大きいのがないのよ。デザイナーの怠慢よ」

衣服プリンターにて出力されるデザインファイルのおかげで、平常の服装はまだ手に入る。

だが、特殊繊維を要する装備は別だ。そして、アリシアのアンダーバストのサイズでのカップ数には戦闘用の下着の適合がない。あたかもその下着を必要とする体型の人間は、戦いではなくそれ以外を必要としている――とでも言いたげに。

愛玩用。そう見做《みな》すような社会の意思。欲望。悪意。

文句を漏らしながらバスタブを跨ぐ。すらりとした白い足の付け根に、アクセントの如くぽつりと浮いた黒いほくろ。彼女に肉体を許された男なら、その存在を知れるだろうか。

「……これで冷水しか出なかったら承知しないわよ」

電脳連動式ではないシャワー。キュッというその音と突っかかるものが解放される手触りを、アリシアはなんだか新鮮に感じた。

降り注ぐ水が、豊かな乳房を伝わり全身を濡らしていく。

鼻歌が零れる。

なだらかに水の進出を許した桜色に色素の薄い乳輪や陰唇は、明らかに未だに刺激を――雄の刺激を受けぬ未踏破領域だ。滴る水に徐々に湿っていく小柄のわりに濃い金の陰毛。範囲は狭くひとところで、下着や水着に干渉しないが……アリシアの気にするところの一つだ。

流れるお湯の心地よさに上機嫌に、アリシアの指先が豊かな髪を掻き上げる。

無意識であるからこそ、それは女優のように色気のある仕草となった。

動く手のひらが白い肌を何度も撫でた。徐々に湯の熱が伝わり上がっていく体温に、白く抜けるような肌が朱に染まっていく。動きに合わせて、柔らかな弾力を持つ乳房が躍る。淡い桜色に広がった乳輪の中心に備わった敏感な蕾《つぼみ》は、服を脱ぎ捨てる時の摩擦程度の刺激だけでぷっくらと起立していた。

やがてその裸体が、何度も泡立たせられた泡に包まれていく。

雲の服を纏った天使か、それとも羊の毛を纏っていく妖精か。

仕事で付けた仮面を外す唯一の時間。こんな街で与えられた精一杯のパーソナルエリア。

また明日からの調査を前に、無駄なく心のオンとオフを切り替える。

ずっと――そうしてきた彼女のルーティン。ピアニストの母を失い、父との血縁的な繋がりを失い、事件屋《ランナー》として歩み出してからのルーティン。

そして全てを終えて戻ったベッドで、トレンチコートの下で眠りに落ちるその前に、

（そういえば、もし外からジェレミー・西郷を狙う人がいたとき……。始末人《モンド》……まさか、よね……）

昼過ぎに出会ったあの鋭い金の眼差しの男が脳裏を過《よぎ》る。

僅かにそのことが、気がかりとしてアリシアの中に残っていた。

chapter4:

七十二柱の電子魔神——ゴエティア・ナンバーズ

呪術電撃

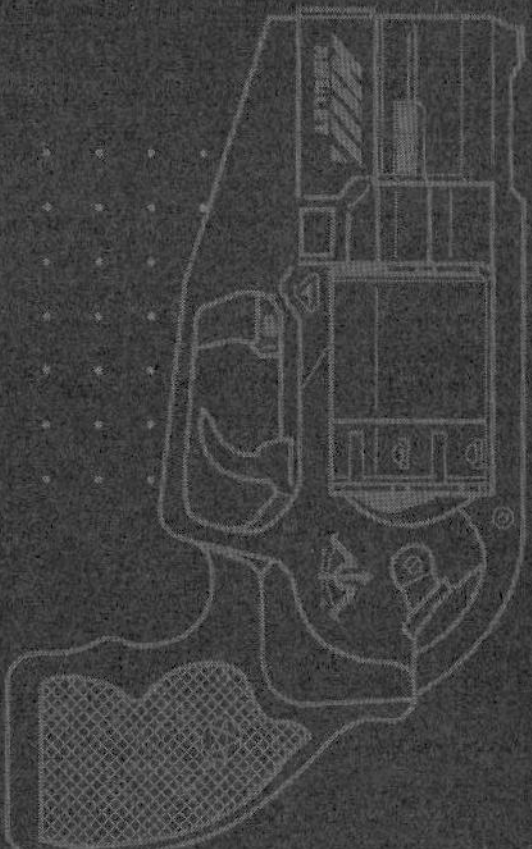

GOETIA SHOCK

Goetia Shock :
Cyberdetective Alicia Ackwright
and
Ink-painted nightmare.

暮れ沈みの街並み。黒き海風が頬を揺らす。

多くの灯火は眠り、僅かなる人々の営みは頼りない光として灯っていた。

宵闇に包まれた悪魔的な古城の足元に広がる違法建築物たちの持つ明かりは、気持ちばかり闇を押しのけるといった有様で、さながらそれは落とされた暖炉の底の火か。

燃え残り。残火。文明の残り火。火継ぎの衰退。

殺してやろう――と低く唸る。

ああ、殺してやるのだ。切り刻んでやる。切り刻んでやろう。何から何まで。

生まれるべきではなかったもの。

続けるべきではなかったもの。

ああ、ああ――愛しい生誕の祝福よ。つまりは呪いよ。災厄よ。

そのことごとくを、葬らねばならない。このおぞましい都市の明かりが、文明の不義が、封ずるべきではなかった野性が、美しき残酷が、すべてがそれを形作ったというなら……

何もかもを終わらせなければならない。つまりは、生まれ直すのだ。切り刻んで、生まれ直すのだ。

どうにもならない酷薄。どうにもならない醜悪。

人の皮を取り繕った衝動の獣。

醜く、崩れて、形だけを整えていた忌まわしい歯車。

穢《けが》れたお前の向ける瞳で――ああ、一体、この世に何を生み出せたというのだろう。

だからこれは、罰だ。

失墜していくその在り方は、お前が天から与えられた唯一の責務だ。

冒涜には、対価が必要だ。

だからお前は――殺さなくては、ならないのだ。

◇　◆　◇　**Goetia Shock**　◇　◆　◇

「さて、と……」

朝焼けに染まる街並みを見渡すアリシアの金髪が、日の光に淡く反射する。

視線の先。朝の清浄なる陽光の中にあろうとも、違法増築都市は変わらず悪魔的造形だ。

こんな場所でも朝の静謐《せいひつ》な空気――……とは流石に言えない。かつてあった大戦争に利用された重金属の汚染を孕んだ海洋の風は、清々しいという言葉とはやはり隔たっていた——或いは、ともすれば、胸に詰まりそうな閉塞感を除いてしまえばあの企業都市の方が風の匂いだけは心地よいだろうか。

そんな中で、街並みと行きかう人々を見回したアリシアは、ゆっくりと補助電脳《ニューロギア》の中のプログラムを起動する。一瞬——視界にノイズが走り、目で見た風景に、機能的にデザインされたＵＩが被さった。脳内での画像補正。

そのまま辺りを見回し、まずホテルから向かったのはあのバザールめいた広場だった。

電脳の処理領域を喰らいながら、アリシアが組み上げた汎用人工知能《ＡＧＩ》が視覚から得た画像の処理を開始していく。目標——飲食店の連なるエリア。

そしてそれから彼女は、ひとしきり見回したのちに各コミュニティに繋がる路地を進み、引き返す。それを幾度となく繰り返した。

（流動性の指数は……特におかしなところもない）

そう押し黙ったアリシアの蒼き瞳が切り取る世界では、いくつもの蒼白の蛍光色の円と数値が表示されていた——人物適合度の表示。つまりは前日の調査の際に見掛けていたその辺りを出歩いていた人間を記憶と照合し、今とどれだけの変化があるのかを表示させたのだ。

結果——流動性が高いと見える飲食店のエリアに関しては、前日との変化が大きい。

一方で、各コミュニティに繋がるとされている路地に関しては変化が少ない。

これが意味するところは一つだ。

飲食店のエリアは前日に比べて人の移り変わりが激しく、活発な往来がされている。一方で路地の方は決まりきった人間しか使用していない――つまりその先のエリアは、住民層や階層が極めて固定されている可能性が高いということだ。

要するに、

(コミュニティ、って部分に嘘はない……少なくとも昨日のジェイスの案内は、その点に関しては何もおかしなところがないわね。確かにこの街には、そういう場所がある)

彼女の案内人たる男に対しての裏取り。

一種の被害妄想的になってしまうが、昨日の案内で出会った人間たちがすべてグルだ――という可能性も捨てきれなかったのだ。彼が個人的に雇った人間で囲い込み、如何にもこの街に長じた案内人のように見せる。そうしてアリシアを騙して……何らかの信頼を得てしまえば、彼には如何様にも利益になろう。実際にそういう事例も過去にあった。個人劇団を雇ってまで、そんな回りくどい手法で信頼を獲得しようとした者が。

……まあ、そうなるとあの嫌がらせの言動が不釣り合いになるが、それはそれだ。

(ってなると……嫌がらせはしつつ、仕事はある程度はやる気がある……ってとこなのかな)

ふむ、と落書き躍る石畳を眺めつつ顎に手を当てる。

つまりは、一番質《たち》が悪いということだ。計画性がなく衝動的に嫌がらせをしている——と来てしまうとそれはそれで対処に困る。仮にもしもそれを狙って行っているとしたら、かなり効果的だ。嫌がらせのプロ、と言えるだろう。ある種のマフィアのように。

朝から余計な時間を使ったことになるが、懸念の解消は何にも優先する。

ジェイスの案内が当てになるのかならないのかは、この街の部外者であるアリシアにとっては死活問題だった。無論——案内が正確であることと、彼の人格や性格に信頼を置けるかはまた別の問題になってしまうにしても、だ。

(余計な手間を使わせてくれたわね。……色々と、こっちはこっちで準備や手配しておきたいこともあったのに)

時間の浪費をさせたかったなら、まさに彼の計画通りといったところか。そんなことをする理由があるのかも、そこまで思考が回る男であるのかも棚上げするとして。

そして、踵《きびす》を返そうとしたその時だった。

「な、なあ姉ちゃん……いくら……？」

「は？」

「いや、お姉ちゃんはいくらなんだと思って……ほら、その、隣のピンク色の太陽も笑ってるだろ？　それ、部屋の中にまで来るのかな。カバー、カバーは持ってる？　ヘッドホンでもいいぜ？　なあ？」

「……」

頭痛がする。もう何人目かも分からない薬物中毒者《ジャンキー》だ。

それも当然か――と眉間に皺を寄せつつ吐息を漏らした。こんな治外法権区域ならドラッグを使う人間は当然いるだろうし、元々、芸術というのはある種のドラッグと隣り合わせの面もある。そういう意味で、幾度と遭遇することへの諦めもあった。

「お、おい……なあ、ソイツ大丈夫なのか？　いきなり青くなったぞ？　気分でも悪いんじゃないか？　ああ、クソ、ぴかぴか青い。……おい、そこにぬいぐるみを置いたのは誰だ！」

「あー……」

かなり、あちら側の世界に旅立ってしまった人。

心底うんざりしつつ、クラッキングで黙らせることもできない。普段のように何かしらの端末を経由しない直接アクセスはアリシアにもリスクが高すぎる。

昨日はそれで散々痛い目を見た。

腹の底から溜め息を吐き出し――

「それ、あたしのイトコなのよ。ご存じ？　血は水よりも濃厚なの。こんな場所に来たって薄まりはしないわ。つまり――」

「何言ってんだオメエ……頭大丈夫か？」

「…………………………」

お前に言われたくない。

そんな言葉をアリシアは呑み込んだ。そうしているうちに、男は去っていった。アリシアのことを不気味と思ったらしい。

なんだかとても釈然としないが……トラブルを避けられたなら何よりだ。

（……まだやること色々あるってのに。はぁ……）

げっそりとした顔で長息を鼻から漏らし、アリシアはうんざりと首を振った。

捜査を進めるにあたって必要な道具や機材も多い。まずは、その準備から始めなければならないというのに。

なんにしても――人捜しはまだ、始まったばかりだ。その始まりこそが最も時間を取られ、最も手間がかかることだ。今は、その土台を整えなくては。面倒だが。

（これだけドラッグが出回っているなら、いっそのこと、その手の売人に聞き込みした方が早いんじゃないの……これ）

なんて馬鹿馬鹿しい考えも浮かぶほど。

それを内心で笑い飛ばして――

（……待って。いや、これ、ちょっとおかしいわ。だって――）

ふと抱いてしまった違和感。

それを確認すべく、アリシアは再び飲食店やジャンクパーツショップの蔓延る広場のバザールへと足を延ばした。

◇◆◇

少なくとも、昇った日光の陽気は汗ばむほどに。

街の悪魔城に遮られていた太陽も顔を覗かせた。ブラジャーのない素肌越しの化学繊維の齎す感覚にアリシアは幾度も細い眉を顰めていたが、作業の内にやがて忘れた。

トレンチコートの裾越しに座った石畳のごつごつした感触も、いつの間にか失せている。

ふう、と吐息と共に工具を握る拳で額を拭う。

二つ括りにした金髪が、尾のように揺れる。

あたかも露店じみて、彼女の目の前に積み重ねられた幾つもの機械の部品。

「……オイオイオイオイオイ、そりゃなんだ？　子猫《キティ》？」

最早彼女が訂正するのも億劫《おっくう》になった呼び名と共に、路上でパーツを組み立てるアリシアにジェイスがサングラス越しに半眼を向けてくる。

それを冷たい目で一瞥《いちべつ》し、

「……クラッカー、もしくはハッカーって別に必ずしも機械的なエンジニアじゃないのよ」

「あん？」

「エンジニアはエンジニアでも、機械そのものじゃなくて機械の中にあるプログラムを弄る方のエンジニアが多い、ってこと。クラッキングができるからって言って別に機械弄りが得意な訳でもないし……機械弄りができればクラッキングが上手なんてことじゃないの。つまり、ギークって言葉とナードって言葉は別物ってワケ」

「そりゃ当たり前だろ。……それで？　オレの目の前のこれはなんだ？　玉子焼きの失敗作か？　ハンプティ・ダンプティはスクランブルエッグがお好みかい？」

路上に広く放り出された、部品取りに利用されたドロイドの腕をうんざりといった様子で眺めるジェイスへ、アリシアは不敵に肩を竦めた。

「ただ——配線図や回路図にも覚えがあるから、やっぱりそっちのエンジニアリングもできない訳じゃないのよね。結局ほら、ある程度やってればいつかはその物をバラして組み立て直す日も来るから。……つまり、生憎とあたしは自作も改造も思いのままの人間ってことよ。困ったらメーカーのサポートを呼んじゃうようなヌルい奴らとは別、ってね」

「へえ、そいつは結構じゃねえか。長かった前置きがまるで無駄話でなければ、なおさらな。そんでオマエさんは何を組み立てたってんだ？　勿体ぶって、随分とご機嫌がよさそうだが」

彼女から向けられる冷たい敵意を感じたように、ジェイスは片頬をつり上げた。

サングラスが値踏みするように光る。初日にあったような、物珍しげにあたりを見回す世間知らずの少女とその口の悪い解説役といったある種の和やかな空気はない。互いに何かの自負と緊張感を持った――事件屋《ランナー》同士の尖った視線の応酬だった。

アリシアの手が、人間の指で作られた六つ足を持った機械を摘まみ上げる。

「大体わかったから、今日でカタを付けてあげようと思ってね。……契約には最低雇用期間があったけど、目的を果たしたら契約解除でいいでしょう？」

「今更、取り決めの確認か？　白々しいぜ。とっくにそこはオマエから盛り込み済みで、話は終わってるじゃねえか」

「あら。……アンタの記憶がどこまで確かなのか、と思ってね。何度も思い違いをされてばっかりだから、話してあげた方が親切かと思ったの」

ツン――と取り澄ました、ある種の女王然としたアリシアの態度。

サングラスを押し上げて、ジェイスはその奥の目を尖らせた。

口うるさい優等生だとか、世間知らずだとか、どこか隙のある少女だとか、その手の印象がまるで失せている。そうしていると――幼げなその顔立ちの中に含まれた硬質な美貌が浮き彫りになる。生意気な若猫といった風情。

理知的で、高慢で、高貴ぶった小娘の匂いが漂って来るのだ。

訳もなく雄を苛立たせる気取った女の表情。

それが、吐息と共に崩された。手のひらを広げて、軽く肩を竦めるような仕草。

「……ま、要するにこの辺に売ってるジャンクでも、あたしにかかればドローンを作るのも訳ないってこと。これで、並行して下層を調べるわ。アンタは、例の人気《ひとけ》がない場所に案内して」

「へっ。……女が男にそう言うなんて、別の意味に聞こえるぜ？」

「そう？　お大事に。幻聴なんて大変ね。生憎とここにはストレス対策アプリはないけど？」

昨日の意趣返しじみた言葉と共に、アリシアが雑踏に目掛けて歩き出す。

何らかの核心に至ったようなその歩調は、コツコツと一定のリズムを刻む。

置き去りにされるようなそれを、しばし背後から見詰めたジェイスは――……やがて口を結んだ重い沈黙を友人に歩き出した。

二つの背中が、みすぼらしい人影の雑踏に消えていく。

悪魔的増築の、その街の奥へと。

前衛的迷路めいた蛍光色で染め上げられた街並みを尻目に、アリシアは口を噤んで歩く。

さて……電波の送受信に必要なのは、アンテナだ。

それ自体は彼女自身の頸部コネクタに接続された機器が普段通り担っている。あと大切なのは電波強度であり、実のところ、これに関しては陸地から放たれるそれに概ね問題はない。少なくとも届きはしており――そして一旦届いてしまえば、それを補う方法もなくはない。

問題なのはアリシア側の送信だった。人体に搭載可能な可搬媒体と陸地の電波塔とでは、出力と規模が違いすぎる。

それを補うために、露店売りのドロイドから集めたバッテリー等で作製した増幅装置を腰に装着。頸部に繋ぎ――電脳の通話アプリを起動する。待ち人は、すぐに現れた。

『あら、アリシア。今日も不登校なんて、随分と楽しそうね』

「これを楽しいって称せるやつは、フジ活火山地区の機体垂直落下墜落体験コースターでも鼻歌歌えるわよ。今すぐ事件屋《ランナー》をやめて古典的なスタント・アクターになった方が世のため人のためでしょーに」

◇
◆
◇

皮肉なのか嫌味なのか揶揄《からか》いなのか。通話画面の向こうのカレンの言葉に口を尖らせ、アリシアはそのまま説明を済ませた。

『なるほど。……つまり、サイモン・ジェレミー・西郷が何故その街に来たのか——と？』

「そういうこと。そのためにも、彼の娘さんのデータもいる。一緒にここにいるなら、ひょっとしたら彼女の方が動いてるかもしれない。勿論、彼のインタビューなんかも欲しいわ。あたしが手に入れた分だけじゃなくて……できるだけ、世に出すために加工したものでない奴が」

それから、一度アリシアは口を噤んだ。

問題が、一つあった。

「その……通話程度なら今できるようにしたけど、大容量のデータのやり取りは難しくて」

『だから古典的音声通話なのね。……では、一旦帰ってくるのかしら？』

「じょーだん。ちょっと今、ここに次に入国できる保証がないの。このままやるわ」

『このまま……。まさか私に届けに行けというの？　そんなところに？　うら若き乙女に？』

「あたしもうら若き乙女よ！　あたしも！　あたしを何だと思ってるのよ！」

『……アリシア。十二階建てのビルの屋上から飛び降りて無傷で済ませられる猫人間を、うら若き乙女とは呼ばないわ。いくら落下姿勢制御アプリがあっても飛び降りないの。それはゴリラとかチンパンジーの親戚よ？』

「そこはせめて猫にしなさいよ!?」

ある種の運動センスというやつだ。如何に電脳制御で脳を経由して肉体を掌握できる——導入するアプリケーションの通りに——と言っても、脳の先の肉体においてはそれ自体が持つ神経回路を利用する。つまり、同じ動作プログラムをダウンロードしても神経網の広がりや本数などの、運動に関する物理的な神経系の発達の違いによって効果に差異が現れてしまう。

電脳制御も決して万能ではないのだ。

『オーライ。まあ、それは冗談として……つまり、配送屋《ペンギン》の手配も私でしろと？』

「それについてなんだけど……ちょっと考えがあるわ。上手いところこの街の設備を使えば、通信が確立できるかもしれない」

『……何か目途でも？』

カレンの言葉に曖昧に頷き返す。

その部分については、まだ確信が持てない話なのだ。昨日の調査内容を鑑みるに、多少なりとも算段はあるが。

『ふぅん？　まあ、それは結構ですけど……ところで「何故」だなんて理由は、一番初めに考える話ではなくて？　今更そんな初歩的な話をしなければならないの？　それとも私を、親愛なる友ワトソンとでも見込んで？　ふふ、ねえ、名探偵さん？』

「……はぁ。偏見を抜くのが探偵の鉄則よ。帰納法と演繹《えんえき》法の違いをご存じ？　円周率πに絡んだ数字が最終的に割り出されるとしても、複数の円と直径の事例からπという共通点を導き出してそれを活かすのと、初めからπありきで計算式を組み立てるのは別の話よ。まずホワイ・ダニットから考え始めるのは最終的に致命的な誤謬《ごびゅう》を招きかねないし、偏見に塗《まみ》れた着地点から誤ったときには軌道の修正が難しいわ。……警官《アオイヌ》がかつて何故誤認逮捕を行ったか判るかしら？　その事件にストーリーを作り上げてしまって、そのストーリーありきで物事を見てしまうからよ。勿論、このやり方は効率的ではあって、多くの場合は役にも――」

『オーライ、オーライ、オーライ……オーライよ、アリシア。ありがとう、探偵に対して捜査論をぶつけることの不毛さを学んだわ。実に血で書かれた金の箴言《しんげん》として私の石の台座にも刻まれるでしょう。……それで、貴女はこの魔法の鏡に何をお望み？　結論から、シンプルに』

「最初に結論は言ったでしょう？　まぜっかえしたのはカレンよ」

『……オーライ。そうね。反省するわ。じゃあ、私が調べるのは――』

並行してテキストメッセージアプリを起動した。

　そこに、カレンへの要求は既に記してある。朝のシャワーののちに、まとめていた。

『言っておくけどアリシア。私に対しての要求、つまり人の記憶で情報を集めることも――』

「例の変態的な賭けをしろって？　仕方ないわね……開場は何時？」

『いいえ、新《ネオ》ドルで受けてあげるわ。生憎とそっちの趣味はないの。診断でも自己認識でも、純度百パーセントのヘテロセクシュアルよ。女と乳繰り合うくらいなら死を選ぶわ』

「……あんな、普段似たようなことやってる癖に？」

『だからなおさらよ。……心底ジンマシンが出そうなのよ、アレ。うんざりするわ。何が嬉しくて女同士で指を絡めて手を繋ごうとしてくるの？　小動物的な涙目でも、痴漢や強《ごう》姦《かん》魔と同じよ。相手の嗜好を無視して我を押し通そうとすることに、異性も同性も関係ないわ』

　腹の底から不満げなカレンの言葉に、苦笑しか返せなかった。

　そんなに嫌ならやめればいいのに。……まあ大方格好つけなので、あんな知性的で物静かな深窓の美少女というイメージを持たれて、そう振る舞っていたら引っ込みが付かなくなったというところだろうか。完全に身から出た錆《さび》だ。

「まぁ……あたしとしては助かるからいいけど。ああ、これで貸しってこと？」

『そこはこう言わせてもらおうかしら。――これを、貸しだなんて思ってないって』

先日の意趣返しのような言葉に、思わずニヤリと頬を上げた。

『それに手癖の悪い貴女をサーバーに招いたら……どこをどうクラッキングされるか知れたものではないわ。図書館にとって猫は天敵よ？　それが発情期というならなおさら』

「発情してないわよ!?　あの人に対してはそんなんじゃないから！」

『別にどの人に向けて、とは一言も言ってないのに……語るに落ちたわね、名探偵さん？　それとも探偵でなくて、貴女は犯人の方だったかしら？』

揶揄うようなカレンの言葉に口を尖らせる。その辺は、本当に相変わらず一言多いヤツだった。まだ数年にも満たない付き合いでしかないが。

そして改めて——アリシアは、アートと呼べるような呼べないような彫刻で彩られた都市壁のうちで顔を上げる。ジェイスに導かれ、進んでいく都市迷路のうちで。
おそらく、推論はそう間違っていないはずだ。改めて確認した上で、なおそう思える。
あとはそれを暴く、そんな作業だけだ。
つまりは——まさに、探偵としての仕事だ。

◇
◆
◇

【補助電脳《ニューロギア》】〔名詞〕**Neuro-Gear**

企業都市において搭載が義務化された生体制御システム。

脳内にインプラントされた制御中枢・記録処理系と、脊椎《せきつい》の信号伝達系、及び頭蓋の硬膜周辺に配線された放電出力系と、脳内部に張り巡らされた成長型ファイバー素子の受信干渉系によって成り立つ脳と人体に対する制御装置。管理可能な管理者。

機能系統は二つあり、一つが受信干渉系によって搭載者の中枢神経系の様子を監視し、放電出力系によってファイバー素子に複数角度から電磁気を照射して活性化・干渉することと。

もう一つは、搭載者の脳波や神経系の活性に応じて機械類を操作すること。

オペレーティングシステムやアプリケーションにより、ある程度は感覚的に機械の操作が可能となっている。

このシステムの大本は人型戦闘機械の操縦管制システムに由来する、とされる。

その導入経緯も伴い、まさに企業支配体制の象徴的な装置である。

◇　◆　◇

ある種の静寂、と言ってよかった。

不揃いの屋根や壊れた塀を尻目に歩き続けて辿り着いた先の――その領域は、金属工作コミュニティに属するのか。

それまでの道筋に道しるべの如く記されていたグラフィティ・アートの陽気さや視覚的な喧騒とは異なり、その一角はどこか墓地の如き異様な空気を漂わせていた。

風が抜ける。

言うなれば――鋼鉄の死霊の住処だろうか。

林の如く左右に連なった、鉄を加工して作られた奇妙なオブジェたち。死したる騎士のように無数に折り重なった人型機械の模型は、かつての大戦争の記憶を表したものか。

まるでゾンビめいて腕を伸ばした幾人もの人間を模した金属彫刻は、ほかに言葉もなくまさにあのパンデミックを表現している。ラブドウィルス科リッサウィルス属――狂犬病ウィルス変異株のヴァンパネイラ・ウィルスによる大規模パンデミック。

四つん這いになって膝をついて吐瀉《としゃ》する人間。その吐瀉物と顔面に浮き出た血管だけが青いのも、また、同様にこの世界においての一大事件の表現だ。――マンソン孤虫症の一種である変異寄生虫ペイルブラッドの大量発生による寄生被害。

ここはそんな、社会の墓碑銘《エピタフ》だ。或いはこの世界の追悼歌《レクイエム》だ。

いずれのパンデミックへも対処が遅れた国家支配。度重なるテロと戦争により疲弊しきったその文明という篝火《かがりび》の主は、衰退した。そして火を継いだのは――企業支配の四人の王だ。

それらパンデミックへの対策として、脳という管理者を管理しなければならなくなった。

それが今のこの狂い火の世界だった。

「……」

ここは――ここだけは、目を見張るものがあった。

この雑多で芸術性のかけらもなく名ばかりのネオマイハマ芸術解放特区《アート・コミューン》において、確かに存在するアート。今の文明からの追放を受けた――或いは解放を謳う落伍者たち退廃者たちの有名無実な坩堝《るつぼ》に、先の世界を悼む精巧な金属彫刻を作る。

その諧謔《かいぎゃく》は、皮肉は、矛盾的な構造は、確かに芸術表現であるだろう。

「……ここに人がいないのが、逆に信じられないわよ」

「だからだろ、子猫《キティ》。これに感動したり――逆に対抗意識を持ったりする真っ当な連中は、とっくのとうにこんな環境に耐えられねえのさ。多分、最初の一人はこれをぶっ壊そうとでもして殺されたか……コイツを見て嫉妬に狂ってなにかしてやろうって思った奴の犠牲になったんじゃねえのか？」

他に誰もいない金属作りの亡霊が蔓延る墓地に、二人だけの声が響く。

辺りの静寂を見回し――アリシアの脳にリフレインする＝〈こんな場所なんだ……一人二人消えたところで誰も気にも留めねえ〉。

追想――〈探偵も、最後に物を言うのは暴力でしょう？〉＝カレンの片笑い。

昨日からの調べを総合して、今朝方アリシアはある仮説に行き着いた。そして、サイモン・ジェレミー・西郷が既に殺害されているわけでなければ、この可能性は高いと考えられた。

静かに拳を握る。努めて表情を保ったまま、やがて、意を決したように口を開いた。

「……ところで、この街を治めてるギャングはいないの？　元締めでも代表者でも」

「いねえさ。ここは俗世から抜け出たい芸術家気取りどもが集まった場所だぜ？　みんな好き勝手だ。自治会ってほど大したもんもねえよ」

「アンタが知らないだけじゃないの？　有り得ないわ。人間が集まれば揉め事が起きる。そうなれば解決に必要なのはギャングか警察よ。これは社会構造……どんな場所でも、いないなんてことは有り得ない」

「だから、芸術家ってのはそういうのがお嫌いなんだよ。少なくともコミュニティごとに多少は居たとしても大それた元締めなんてのはいねえ……第一、そいつらが居たとして余《よ》所《そ》者がホイホイと会えると思うか？　案内役なんてものが居たって、その手の連中は警戒するぜ？」

「……会えばどうにでもなるわ。もしくは、居ると分かれば」

というよりむしろ、アリシアは――目の前のジェイスがその一派に近いと考えていた。

あの不自然な散々の嫌がらせが、単なる当てつけの意趣返しではなく精神負荷やストレスを与える行為なら大いに頷けるのだ。そうして、直接排除にかかるのではなく悪印象で調査を長く続けずに打ち切る方向に進ませる。くだらないストレスというのは馬鹿にならない。

すべてが終わった後に、アリシアというそれなりに名の売れた事件屋《ランナー》からジェイスが役に立たない——と評されるのは相応にリスクが伴う。勿論、本当に単に低俗な嫌がらせの線も捨てきれないが……オンライン上の彼の評価を見るには疑問だ。最初のあの出会いのように心底迂闊《うかつ》で粗暴な面があることは確かだが、それだけでは事件屋《ランナー》としてあの評価には至れない。

彼が、この場所や——この場所での利益を守るために行ったなら、合理的だ。

胸の前で強く腕を組んだまま、アリシアは続けた。

「じゃあ、裏の市場や何かは？」

「あん？」

「外に美術品を売るための場所よ。買い付けと取引……それぐらいはあるんじゃないの？」

「……ここのものが、売れると思うか？　ここのコイツは数少ない例外って奴だ。売れると思うのか？　ここの、あんなものが？」

「物好きは買うかもしれないし——……少なくとも売れなければおかしいわ」

「おかしい？」

「どうやって外のお金を手に入れるの？　どうやって外部と取引をする気？」

その言葉に、ジェイスがサングラスを押し上げた。

「オマエみたいに物好きは入ってくるからそういう意味じゃあ外から金も入る。あとは別に、特に必要もねえだろう？　ここの奴らが、外のものを欲しがると思うか？　そういうのを嫌がってここに来たってのに？」

一見すれば筋の通る理論だ。だからこそ、アリシアは——鋭い目でジェイスを見た。

あまりにも確信的に彼が言い切ったからこそ、それは、逆説的な意味を持った。

「ふぅん？　じゃあ聞きたいけど……これ、なんだと思う？」

アリシアが懐から取り出したビニール袋。麺類を個別に梱包するほどの大きさで、それ自体は特になんの変哲もないものである。……この街でなければ。

「ソバの露店に立ち寄ったときにゴミ箱にこの包み紙を見付けたわ——これ、ガイナス・コーポレーション系列のものでしょ？　外貨もなしに、どうやって仕入れてくるの？」

猫のような青い瞳が、静かに縮まっていく。

ジェレミー・西郷は、名のある画家だ。つまり、その絵は大いに売り物になる。ならば——例えば外部との取引の資金源として、彼を監禁して絵を描かせるというのも決して有り得ぬ話ではない。

（これが正解なら話は早いんだけど……）

静謐なる場所で、彼の言葉の矛盾を暴き立てる。探偵とは、伝統的にそうするものだ。

そして……改めて、周囲の気配を探った。誰もいない。誰一人もいない。まだ。

何故、古典的な探偵たちがわざわざそうするか――アリシアは一つ考えていた。静寂とは、言葉の墓地だ。墓地には、人ならざるものが現れるものだ。つまりは、魔。

魔が差す。そんな状況を、作るのだ。もしアリシアが真相に近付いてしまっていたなら、まさにこの状況は消すにはうってつけの状況だ。

心臓が高鳴る。道を歩く時から、不自然に体が熱かった。流石の自分も、普段と異なる環境に身を置かれ、その技能の大半が封じられてしまうような場所では緊張も覚えるのか
――そう、高鳴る鼓動と倦怠感に理由を付ける。

やがて、果たして、重い沈黙から口を開いたジェイスは、

「……チッ。見てわかんだろ？　そりゃあ、廃棄品だ。向こうは業務ゴミの処分代が浮いて、ここは食料とちっとの金を得てのＷＩＮ‐ＷＩＮだ。ここに来る輸送船ってのは、結局はそういうことさ。正規の処分代との差額で儲けられる。ゴミってのも、処理に金がかかるもんだからな。あの広場で売られてたドロイドだってそうさ。最下層じゃない方の街のジャンク場ってのは、ジャンク拾いってのは、要するに外から集めてきたその辺を拾う

もんだ」

「へえ？」

筋は通るし、調べた裏取りには合っていた。あの市場で売られていたドロイドのジャンクパーツは、製造年月日と耐用年数がバラバラだった。どこかで補充をされない限り、こうも異なる状況にはならない。

……これだけでも収穫だ。取引のために外部とやり取りを行う通信施設が、その機能が存在していることは確かめられた。

そして――今の問いかけは本題ではない。

ここまでの質問はすべて、布石のようなものだ。

見当違いの話をして、或いは一見関係ない会話をすることでガードを下げさせる。その端々から情報を拾う。人間、誤魔化そうと意識している部分以外のことは正直に話してしまうものだ。

だからアリシアは、肩を竦めてその言葉を放った。

「ちょっとのお金って――じゃあ、安くもない薬はどこから仕入れてるの？」

「あン？」

「ドラッグよ、ドラッグ。メディシンじゃないわ。……昨日探ってみて、薬物中毒者《ジャンキー》がやけに多かったのよ。ま――こんな場所なら、って感じだけど。正直この場所のイメージには合ってる。芸術とは名ばかりのスラムだっていうなら、筋が通る……さっきまではそう考えてたわ」

「……なに？」

そこでアリシアは、軽く腰を叩いた。腰に装着した――増幅装置を。

「ところで……軍用レーダーって、あれ、実はかなり危ないって知ってる？　すごい電力を使ってるせいで放射される電波の力が強くて、うっかりその前に近付いたら死んでしまう。ま……それぐらいやらなきゃ、電波探知をするにも使い物にならないってことだけどね」

余裕ぶって、軽く歩き出す――ジェイスが、僅かに身を固めた。

「それでも、そんな電気を使わなくてもいいレーダーを持ってるものもいるわ。例えばデンキウナギ――生き物にしては大きい六百ボルトぐらいの電気を放つ彼らは、獲物を電磁的に探知するの。ただ、そうは言っても軍用レーダーに比べたら出力が低い。……他にはサメ。彼らも獲物を微弱な電気で確かめてる。だから、乾電池一つを鼻先に突き出したら麻痺しちゃう――なんて対処法があるぐらいにね」

「……なにが言いたいんだ？　わくわく動物博士の仲間入りか？」

アリシアの蘊蓄《うんちく》を前に、ジェイスが僅かに苛立った様子を見せた。

これが本命か否かは分からないが――ある程度の勝算はあると思っていた。

ジェイス・D・ガスはこの街と外を繋ぐ人間で、先ほどの会話を考えるにかなり街の深いところまで知っている。知らないと言い張られたらそのときだが――これまで散々答えさせたのだ。

ある種の尋問方法と同じだ。人間は、作られた役割に入りたがる。できてしまったその場の空気や関係性に引き摺られる。無意識に誘導される。

「何って、さっきから電気の話よ。微弱な電気を確かめられる生き物もいるって話。ただ――……そうね。その施設は、微弱な電気じゃ済まされない」

「だから、一体何が――」

「――――薬物の精製施設」

決断的に言い切ったアリシアは、金髪を揺らしてその小柄な肩を竦めた。

「日に当てずに大麻の育成を行うなら、相当な光源を用意しなきゃいけない。ヘロインの大規模な精製にも化学工場並みの設備が必要になるし、手軽なケミカルドラッグも十分な材料が揃わないと楽じゃない。ちょっとその辺に該当するような電力消費施設がないのよ、この街って」

「……そういう探知装置を作った、ってことか？」

ジェイスがサングラス越しに、アリシアの腰のガジェットを睨んだ。

実のところ単なるアリシア個人の電脳魔導師《ニューロマンシー》としての技能だが――……わざわざ、それを明かしてやる必要はない。

「薬を買うのもタダじゃないし……最初は、この場に薬物の工場でも作ってるんじゃないかって思ったわ。それで外のお金を稼ぐ。ここは治外法権なのでリスクも低い。あのジャンキーたちは、働くついでにおこぼれにあずかったって……。でもそれらしきところが見当たらない」

「……」

「そうなると、外から買い付けて来てる中の奴がいるか、外からその手のを売り込みに来てるやつがいるかってとこだけど……後者は有り得ないわね。ここ全体ならともかく、個人個人で差し出せる資産が少なすぎる。少なくとも外との十分な取引に使える資産を持ってる個人が足りない。つまり、儲けにならない。……となるとあとは内部の人間がまとめて買い付けて、ここでしか使えない資産と取引してるってセンしかない」

以前、ジェイスから聞いた通りだ。

アリシアがホテルや露店にて紙幣で取引を行ったように、確かにここでも貨幣での取引は行われている。だがこの中ではほかに彼の以前の発言のように――〈他は――まあ、作品への協力だな〉――ある意味で通貨によらない経済形態が出来上がっている。

外の人間が中に持ち込んでも利益は少ないが、中の人同士なら別種の支払いができる。

それでなら、取引は成立する。

その形態としては……対外の交渉窓口のようなものがまとめてドラッグ等の購入を行って、あとはこの芸術解放特区《アート・コミューン》内部で成り立つサービスと交換しているというところか。

しかし、そうなると問題が一つ。

サービスで受け取ってしまったそのときには、次の買い付けを行うための外部と取引を行う資金が不足するということだ。必ず、その資金を何らかの方法で補填しないとならない。

つまり――

（外でも売れるようなジェレミー・西郷の絵は、こんな街にあってはそいつらにとっては唯一の金の卵ってなりかねない）

そこで、行方知れずのジェレミー・西郷という画家が介在してくる余地が生まれる。

一向に見付からない画家は、ここで、外との取引を行うための資源に――ここでは生産できない薬物を手に入れるための資源として使われている。

無論ながら、あくまでも推測の域を出ない話だ。

（それでも……なんにしても、アンタの発言には矛盾があった……アンタは何かを隠してる）

それとも、単に知らないだけだろうか。

この街が密かに外部と廃棄物の取引を行っていることを知り――そして外部にはこの街

の案内人として看板を掲げている男が。

　更にアリシアは、畳みかけるように続けた。

「別にここで薬物を誰がどう売っていようと、あたしが取り締まることでもない。そこに関しては、あたしは別に何の権限も持たないの。ただ――案内をすると言って契約したのに、その契約を満たせないのはいただけないって判るでしょ？　そうなれば、アンタの案内を切ってあたし一人で好き勝手に調べられる。……ああ、それともアンタは『なら好きにしろ』『オマエ一人じゃどこにも行けない』って言うかしら？」

　もしジェイスが、それらの取引を仕切るような人間であり、外部から入り込んだ物好きな猫の首に着ける鈴の役目をしているなら――これはできないだろう。

　そして……すぐに返事はなかった。オマエの言葉は見当違いで失礼だから――ここで案内は終わってやる、とは。

「ご清聴ありがとう、オーディエンス。少なくともまだあたしの案内を続けたいみたいね」

「……」

「なので、ま、納得が行く説明が欲しいところね。……外からどうやって買い付けてるのか、そのお金はどうしてるのか。それとも――まあ、それほど電気を使わないでも電子ドラッグなら作れなくはないけど、こんな現代社会とはまるで離れた場所に果たしてそんな電脳潜行者《ジョッキー》がいるのか。……そうでしょ、事情通の案内人さん？」

ニィ、と目を細める。

これで、ジェイスがどう出るか。

（本当に彼が捕まってて――アンタがそれに少なくなく噛んでるなら、大助かり）

シラを切るもよし。口封じにかかるでもよし。或いはアリシアのこの推論が完全に誤りでもよし。なんにせよ、可能性を一つ潰せる。それだけでも儲けものだ。

最下層に向けて飛ばしたドローンも並行して走らせているし、先ほどのやり取りで外との通信――カレンとのデータの受け渡しも可能になる通信施設があると判明した。

ここで何がどう出ても、誤りでも、アリシアに損はない。

とは言え――突き付ける銃口にも似た推理の切っ先は、ほとんど宣戦布告に等しい。これでジェイスがまるで無実だったとして、アリシアの発想がただの誤解だったとして、彼の心象悪化や関係悪化は免れないだろう。疑いの刃を向けられて、人は大人しくは終わらない。

怒号が飛ぶか。拳が飛ぶか。何が来るか。答えはなんだ。

（あたしは札を伏せた。……さあ、ショーダウンよ）

緊張感に高まっていく鼓動と、詰まっていく呼吸。

そして果たして――彼が口を開くその瞬間に、

「ったく……いいか、子猫《キティ》」

・・・・・・・・・・・・。

視界にノイズが走った。

「……!?」

途端、アリシアは弾かれたように真横の金属像の林を振り返った。

警戒のために己の周囲に漂わせていた仮想量子線《ストレイライン》。それが、接続可能な装置を拾った。

つまり、すなわち――補助電脳《ニューロギア》の気配を。

それは、一言で言うならまさに亡霊だった。

金属の人型たちの織りなした林に立つボロボロのフードマントの人影。女性の細身。

隣の人型兵器像たちに比べれば針金のように細いその手足は闇色の甲羅めいた装甲に覆われ、その背後には、更にか細い昆虫の腕じみた補助義肢が折り畳まれている――。

アリシアの視線に呼応し、人型が跳ねた。瞬間、その四方に展開する――カマキリめいた大鎌。硬質の殺意。娼婦殺しのジャック・ザ・リッパーならぬ、雄喰いのオオカマキリの兵器。

ドロイドか、サイバネ改造者か。

なんにせよ、釣れた――と内心で手応えを感じると同時だった。

「っ、クソッタレ！　なんなんだ！　化け物かよ！」

ジェイスが腰から、六連のリボルバー・グレネードランチャーを抜く。

それに面食らったのは、アリシアの方だった。

(コイツの仕込みじゃ――ない!?)

困惑。当惑。

襲撃の警戒自体はしていた。だが、それがジェイスや己の推理と無関係とは――誰が思う?

つまりは、真正の殺人鬼。不意なる来訪者。完全なる襲撃者。

その事実にアリシアの反応は遅れ、それが、致命の間になった。

「が、ァ……!?」

――ジェイス・D・ガスにとっての・・・・・・・・・・・。

一閃の剣風。思考によって半瞬遅れたアリシアの金髪の頭上を横切り、浅黒い肌の男の首を跳ね飛ばした。何の躊躇《ちゅうちょ》もなく、斬撃の風切り音が鳴った。

血飛沫《ちしぶき》が噴き出る。噴水のように。ジェイスという男の人生が、一瞬で終わらせられた。

生首から外れたサングラスが宙を舞う。

そして、異なる刃が更なる犠牲者を求め、袈裟懸けに振り下ろされた。

奥歯を噛み締め――自己の肉体への通電。身を捩るまま、加速する神経反射でバックフリップ二連発。トレンチコートの裾が広がり、風車めいて回るアリシアの肉体。

同時、仮想量子線《ストレイライン》が走る。空中の襲撃者に目掛けて。

しかし、及ばない。仮想量子線《ストレイライン》を察知されたわけではない。単に、相手が素早いだけだ。

そして、ある動きを基本としていただけだ。

言うなれば一撃必殺の連続。ヒットアンドアウェイ。

生来の手足と合わせた八本足で周囲の金属彫刻を蹴りつけると共に、跳ねる。まるでそうすることが、そうやって己の軌道そのものを刃めいて振ることが、その生物の生態とばかりに。

殺意なのか、興奮なのか。

刃の嵐めいて跳び回るその影に合わせて、彫刻の手足が舞う。

お構いなしか、血の匂いに高ぶったか。アリシアのみならず目に付く人型目掛けて、機械仕掛けの殺傷の鎌が剣閃を巻き起こす。

「ジーザス、クソ終端装置《ターミネーター》……！　あたしはクリス・カイルじゃないわよ！」

舌打ちと共に手近な像の陰に隠れ、太腿の銃へと手を伸ばし――更に舌打ち。没収被害に遭っていた。クソッタレ《ファック》。

かくなる上は無手でやり合うか。サイバー・アイキを叩きこむか。

いや、それよりは仮想量子線《ストレイライン》を叩き込んだ方が早い。あれだけの神経連動兵器を使うなら、それは間違いなくアリシアの獲物だ。サイバネ相手に負ける理由はさほどない。

弾丸を弾き落とすサイバネ始末人《モンド》との過去の戦いを思い返し――拳を握る。次に、アリシアに攻撃を行おうとしたその時が好機だ。電脳を完全に焼き切ってやる。

そう、彫刻相手に暴れ回る大鎌ジャック・ザ・リッパーを覗き込んだ。

そこで、ふと、視界に映り込んだ赤い筋。石畳の血痕。

「……っ、ごめんなさい」

生首。血溜まり。首を失って崩れ落ちたジェイスの身体。

先ほどまで話していた命が、簡単に奪われた。こんなにもあっけなく。――好きになれないし褒められないし疑惑のある人間だったが、こうも無残に殺されていい謂《い》われはない。

唇を噛み締め――次々に破壊されていく多くのアートを前にもう一度唇を噛み締め、アリシアは金属像の陰から飛び出した。

「ショウタイムよ、オーディエンス！　来なさい……遊んでやるわ、暴れ牛《ピットブル》！」

マタドールがそうするように、トレンチコートの裾をはためかせたアリシアが身を晒す。

呼び声に、異常な角度で首を傾ける死神。昆虫じみた殺戮者。

障害物はなし。一直線。右にも左にも盾はない。あれだけあった金属彫刻たちも斬り倒され、爆撃された戦時中の首都さながらに閑散とした破壊の痕を残している。

アリシアの仮想量子線《ストレイライン》が早いか、相手のビッグリーパーが早いか。

石畳の地面に大鎌を突き立て、破片を散らして多脚的な猛烈な疾走を見せる襲撃者。彼我の距離が、弾丸じみて圧縮される。

瞬撃の邂逅《かいこう》。鮮血が舞う。

放たれた殺意の矢めいて繰り出される鋭き刃がアリシアの左肩に突き刺さり、同時、仮想量子線《ストレイライン》が襲撃者のフードの向こうの後頭部に接続する。勢いのままに後ろへ倒れ込みながら歯を喰い縛り、いざ、その電脳の支配権を奪いにかかる——瞬間、視界にノイズが走った。

【————演算、終了】

バチン、と急速に現実感が取り戻される。左肩の痛みを引きずる。周囲の彫刻たちは、金属人型の林の如く立ち並んでいる。そして目の前には——

「ったく……いいか、子猫《キティ》」

やれやれ、と後頭部を掻くジェイス。

「……!?」

途端、アリシアは弾かれたようにまだ無事な真横の金属像の林を振り返った。

警戒のために己の周囲に漂わせていた仮想量子線《ストレイライン》。それが、接続可能な装置を拾った。

つまり、すなわち——補助電脳《ニューロギア》の気配を。既に知っている気配を。

それは、一言で言うならまさに亡霊だった。

それを認識するのと、腰から六連リボルバー・グレネードランチャーを抜き出すジェイスを蹴り倒すのは、同時だった。

「っ、クソッタ――うおっ!?」

ジェイスの抗議の声より先に、吹いた風。彼の頭部があった場所を通過する大鎌。

まさにそのままであったなら、アリシアが観測した未来のようにジェイス・D・ガスの首は刎ね飛ばされて終わっただろう。

入れ替わりに振り下ろされる大鎌を躱しきるには、時間がない。僅かに身を捻ったアリシアの腰を、皮膚を、鋭く熱い感触が裂く。プツンと、布が切れる音。

それと同時に――仮想量子線《ストレイライン》を飛ばす。

空中に広がる、大鎌の義肢を背負った襲撃者。その位置は、既に一度確かめてある。

(喰らいなさい!)

正確無比な座標へと一直線に放たれていた接続線は、今度は確実に敵を捕らえた。電脳の強制接続。逆る神経パルス。昏倒させせんと操作の指を鳴らそうとしたアリシアは、その気高い顔を顰めた――――強烈な不快感。強烈な酩酊感。強烈な浮遊感。

自分というものをすべて千切り飛ばすような頭痛と共に、今にも消えそうな蠟燭《ろうそく》を、大いなる嵐のその中に放り込まれたかの如き寂寥感と孤独感とどうにもならない絶望感に襲われた。己が消える。千切れ飛ぶ。切り刻まれる。浸食――同期。同調。

（コイ、ツ……）

薬物中毒者同然、或いはそれをも凌駕するような暴威。異常な自我。狂奔【がりがり】と絶望の咆哮。【がりがり】開くべきではない『ママ——……』扉を開いた金切り音じみ【がりがり】た精神の悲鳴が、セイレーンの【がりがり】歌よりも濃く『アハハ』アリシアの頭蓋で【がりがり】鳴り響【がりがり】く。

途端、接続を打ち切った。それを続ければ壊れるのはアリシアだ。それほどまでに異様な感情の嵐が吹き荒れていた。

蹲《うずくま》って倒れる彼女とは裏腹に、解放されてしまった襲撃者の肉体。

仮想量子線《ストレイライン》との繋がりが解かれ、その昆虫的機械の四本足で着地した襲撃者の瞳が——フードの奥で爛々《らんらん》と灯る金の瞳が、アリシアを照準する。

何とか身を起こすのが間に合うか。そうしたところで、対処できるのか。

唇を噛み締めるアリシアの目の前で————白煙が舞い上がった。

「オラ、行くぞ！　殺されてえのか！」

ガスマスクを装着したジェイスが、アリシアの腕を掴んで走り出す。

初めて二の腕に感じる男の揺らがない腕力に目を白黒させながら、アリシアは、一目散にその場から逃げ去った

◇◆◇

十二分に距離をとった街角で、ジェイスが背後を振り返る。追跡は、ない。

「ったく……笑えねえぜ。とんだ変態も居たもんだな」

言いながら、彫刻がされた壁に背中を預けるジェイスが片笑いを浮かべた。

その様子を眺めつつ……額に脂汗を浮かべたアリシアは、眉間に皺を寄せる。

ジェイスにではない。その上に浮かんだ茫洋とした黒い影を見詰めて、だ。

(……何よ、アイポロス。また笑ってるの?)

蒼い視線の先には――顔も形も分からない、だけれども嗤っていることだけは判る人型。

この影を、余人が見ることはない。余人が出会うこともない。それは他の電脳魔導師《ニューロマンシー》ですらも変わらない。

曰く――電子データの海に散った七十二の真理の断片。自由意思を持つプログラム。人に魔の権能を授ける邪悪の英知。外宇宙より飛来せし重金属に宿った冒涜的神性。

その真偽も、正体も分からない。だが、これこそは超常者たる電脳魔導師《ニューロマンシー》の中でも更に一握りの権限保持者《プロトコル・ホルダー》のみが触れうる悪魔的存在。電脳化が進んだ現代において物語の異能同然の力を持つ電脳関係者たちの、その領域すらも逸脱する権能を与えるもの。

銘を、七十二柱の電子魔神《ゴエティア・ナンバーズ》――その一柱であった。

言葉を交わすこともできない。意思の疎通もできない。ただし、その感情らしきものは僅かながらに伝わってくる。

（……地道な推理も人捜しもバカバカしいって？　だから犠牲が出るって？　アンタの権・能・ならすぐだって？　今のお試しじゃない力なら？）

アリシアの問いかけに、靄《もや》に覆われた人影の笑みが深まった気がした。

同意――なのだろうか。この影は、アリシアを嘲笑っている。保持者《ホルダー》でありながら――契約者ではないアリシアを。そして、古来より魔女が悪魔と契約する方法は一つ――。

（さっきは助かったけど……お生憎だけどあたしの身体は安くないのよ。好きでもない人にオンナノコの大切な初めてをあげるわけないでしょ。仮に他で捨てたとしても……そういうことは本当に好きな人とだけやるのよ。お・わ・か・り？）

視線の向こうの人影は答えない。異常な電子プログラムなのか、はたまたそれを超越した現代の伝奇的存在なのかは分からない。……ただ、己の電脳のうちに住まう未知の同居人がいるというのは確かなのだ。

悪魔はただ、嗤《わら》うだけだ。

保持者《ホルダー》となったアリシアの補助電脳《ニューロギア》の中で、嗤っている。

「はぁ……」

そして、アイポロスの幻影が掻き消えるとともにアリシアは吐息を漏らした。

――未来疑似体験《フォー・シムステイム》。アリシアが追体験した未来。

言ってしまえば未来視だ。起こりうる可能性を演算し、体験する――七十二柱の二十二位、イポス或いはアイポロスと名付けられた悪魔的電子プログラムがアリシアに齎した権能。

今までその高度な処理演算が逸脱したことはない。アリシアが知り得ぬものすらも導き出すという未来演算。その中で得た情報に、何一つ誤りがあったことはない。

それに従うなら――ジェイスは本来、あの場で殺されていたということだ。

(……どういうこと？　てっきりコイツは何かしらこの街の深いところに関わっているって考えてたけど……そうじゃなかったの？　それとも口封じ？　でも、仲間には見えなかった)

口を噤み、考える。

口封じというには、ジェイスの様子がおかしかった。口封じに怯えているというより、自分が失敗していないという弁明を行うというより、即座に反撃にかかっていた。……正直な話、悪巧みや立ち回りというならある程度の実力や合理性を認めるが、そこまで彼が荒事においての凄腕には見えない。例えばあの柳生兵衛ならば組織からの口封じの始末人《モンド》に対して即座に抜刀にかかるだろうが、ジェイスならまずは説得や命乞いにかかると思われる。

自分の推察が間違っていたのか。見る目がないのか。それとも他に事情があるのか。

額に流れる汗を拭いつつ考える――その時だった。

「オイ、聞いてるのか子猫《キティ》？　なんなんだ、さっきからボーっとしやがって」

「……うるさいわね。なによ」

「なんだ、オマエのそれ。身体のどっかでもぶっ刺されたみたいな顔しやがって」

「……」

未来疑似体験《フォー・シムステイム》――未来を追体験する権能。そう、あくまでも追体験だ。

疑似体験の中で与えられた感覚はすべてアリシアにフィードバックされる。あの演算の中で突き刺された左肩が、今もズキズキと痛んでいた。

それを隠すように――アリシアは肩を竦めた。

「別に気にすることじゃないわ。女の子には色々あるのよ。それで……アンタはさっき何を言いかけたの？」

「ハッ、それこそ大した話じゃねえさ。さっきオマエがごちゃごちゃと聞いてきたことは、オレじゃなくて聞く相手がいるってことさ。……渡りを付けてきてやるって昨日言ったろう？　そういうのに詳しいやつが集まるクラブがあるのさ。聞きたいなら、そこで聞いてみな」

「……そ。りょーかい」

アプリによって自己の痛覚に干渉し痛みを消したが、どうにもぼんやりとした感覚が戻らない。思考が上手くまとまらない。

今まで未来疑似体験中《フォー・シムステイム》に様々な追体験をしたことがあったが、肉体をああも派手に貫かれるといった経験はなかった。……そのためだろうか、この感覚は。

（……でも、あの場所に行った時からこんな感じがしてたわ。何かの薬物でも撒かれた？それとも、電子的なウィルス？　あのサイボーグ、化学兵器でも積んでるの？）

そう思って電脳に検索をかけるも――特にヒットはしない。

内心で首を捻りつつ、一先ずは神経系の鎮静化プログラムを実行する。

場当たり的な対処だが……原因が不明な以上、これしか行いようがない。

（さて……通信施設があることは確かめられたし、電波を基にそこを辿るとして――）

あとは、ジェイスの言っていた情報源か。

サイモン・ジェレミー・西郷が外貨獲得資源として囚われていないか。

それについては、そこで判別するはずだ。

それまでは、目の前のジェイスの嫌疑も――……一先ずは置いておくとする。今のところ推論の域を出ないのだ。

「そうだ。なあオイ、子猫《キティ》」

「……なによ。だからその呼び方やめなさいって何度も言ってるでしょ」

ツン、と口を尖らせる。

この男に気を許すつもりは、もうだいぶなくなっていた。

だが――

「さっきは助かったぜ。頭にタンコブを作らなけりゃ、もっと上等だったがな」

「――」

「あ？　どうした？」

「……別に。受け身を取らない方が悪いんでしょ。……まぁ、その、こっちも助かったけど」

ふい、と視線を逸らして歩き出す。

まずはジェイスと別れ――通信施設を見つけ出し、カレンとデータの受け渡しを行うことか。

それでジェレミー・西郷の思考が確かめられれば、また事件は進展するだろう。

少なくとも、無駄な警戒や嫌疑をかける必要はなくなるのだ。

◇

◆

◇

ああ、そこは古《いにしえ》の詩人が謳う神秘なる神殿か。それとも幻想的な魔の根城か。

電脳仮想空間――巨大な歯車仕掛けの廃墟に満ちる、冒涜的なまでに荘厳たる静謐さ。

地に届くほどの仄《ほの》暗く淡い色の長い髪を垂らしながら、儚げなる美貌のゴシックドレスの少女は憂いがちな表情で物思いに耽る。

そこは、あたかも別の文明――別の世界に派生したと思わせる空間だった。

データサーバーが齎す異世界。異界。別世界。

彼女の頭上、古城の蔦《つた》じみて垂れ下がる数多の鎖。質量を確かに感じさせる演算処理。

遥かな塔の天上から差す光は、円盤めいて遠大な歯車の連続構造体に遮られている。

さながら全ての石材が錆びたる金属に置き換えられた朽ちたる古城か。

石畳を蝕む緑苔の代わりに鉄壁を錆が覆いつくし、巨大生物の体内動脈じみた古ぼけた配管パイプが周囲の壁や床を走り、管に数多空いた穴からは呼吸の如き蒸気が噴き出す。

文明と退廃が入り交じったかの如き空間。

ゴシック・スチーム・ファンタジー。

剣と魔法の世界がそのまま蒸気と魔法の世界に切り替わったかの如き廃墟のうちで、物憂げなる美貌の少女――カレン・アーミテージは静かに嘆息した。

その手に広げられたる重厚なる荘重の本。

【ヴァンパネイラ・ウィルス】［名詞］

ラブドウィルス科リッサウィルス属のウィルスの一種で、潜伏期間は三週間から三ヵ月。

感染後は神経細胞の細胞質に入り込み、増殖を開始。神経線維の軸索を遡る形で脳や中枢神経に侵入し、発症させる。

発症した感染者には初期症状として食欲不振や全身での倦怠感などの非特異症状が挙げられ、このように特徴的な前駆症状を持たないために感染初期での診断が困難。

その後、前駆期に続いて躁《そう》動、興奮、不安感や焦燥感、体液の分泌機能の亢進《こうしん》、諸感覚器の過敏、幻覚幻聴などの狂躁状態を主症状とし、言語喪失、判断能力の低下、腱反射の亢進や筋緊張などの麻痺症状を呈する。

興奮期において感染者の多くは、いわゆる映画的な「動く死体」の如き状態となる。

【ペイルブラッド】［名詞］
マンソン裂頭条虫の一種に分類され、研究の結果、有性生殖によって生活環を完了する能力を喪失しているという――つまり成虫にならずに幼虫＝孤虫のまま一生を終えるという――生態の確認された新種の寄生虫。無性生殖のまま増殖していく母を持たない赤子たち。
無性生殖により遺伝子が同一のまま増殖するため、環境要因による絶滅を防ぐという淘汰の結果か、体内に重金属を取り入れてその遺伝子を変異させるという生態を獲得している。

深刻な重金属汚染の除去のために研究されており、人間を宿主にしないものと考えられていたが……現実としてそれは遺伝子変異の果てに、人間にも寄生した。

当該孤虫症を発症すると、主に臓器や脳などに嚢《のう》を形成され繁殖が行われ、最終的に皮膚などの体表面に新たな血管が浮き出たかのような症状が確認される。この疑似的な血脈（虫脈）が破られた際に青い血液《ベイルブラッド》のように当該孤虫が噴き出ることから、この名が名付けられた。

また、ヴァンパネイラ・ウィルスの病原体の媒介となる。

ああ――災厄。汝たちの名は、災厄。

既にそれらの滅びの獣が媒介する病は世界に広がりきった。何一つ、誰一人、その滅亡への歯止めをかけることができなかった。すべてがもう、終わった話だ。

故に文明の火の、その火の継承が行われたのだ。

それら人類的な危機を――その対処を行えない衰退した古き王たる国家支配を取り除くことは、やはり正義だったのであろうか。それとも人々は、か細くとも同じ文明の篝火を掲げ続けるべきだったのだろうか。

答えはない。返らない。戻らない。

ただ、過ぎ去ってしまった世界の肖像画が、崩れかけの廃墟で一際大きく飾られていた。

何もかも移り変わった。時計の針は過ぎ去った。

カレン・アーミテージが本を畳む。

救えない世界《アポカリプス》だ。

それともここは、ある人にとっては天国なのだろうか。失墜した——天の国なのだろうか。

その主たるゴシック童話の姫の如き長髪の少女は、やがて、やおら口を開いた。

「書に曰く——理性を有する動物はことごとく退屈するもの。……たとえどれだけ短い一生だとしても、人はそれから逃れられない」

孤塔に幽閉された古き尊き血筋が奏でるように、その囁《ささや》く声は、気だるげに広がっていく。

白い半球が露わにされた乳房を、その谷間を、流し目と共に少女がなぞった。黒コルセットに締め上げられたるただでさえ細い腰は、その豊満なる乳房と成熟した臀部をさながら女王蜂の如く強調している。

彼女の視線の先に、蒼き人型が浮かび上がる——互いの正体を隠した亡霊めいて。

「退屈というのは、役割を与えられるまでは付き纏うものよ。……さて、では、私の役割は？　そして、一体貴方の役割はなんでして？」

睫毛の長い美貌の憂鬱《ゆううつ》さが余計に妖しい魅力を醸し出す流し目を作り、僅かに零された退廃的な微笑は訳もなく男の官能を刺激した。

古空間の中心に座す、花弁を広げた鋼鉄の百合めいた巨大蓄音機が僅かな錆音を立てた。

そして暗黒童話の主たる少女は腰を上げ、その長いスカートの端を指で摘まみ上げて優雅に一礼をする。ああ、何たる仄暗い影を抱きながらも魅力的優雅な立ち振る舞いか。

「ご機嫌よう。……お初に見える方はお見知りおきを。そうでない方はお久しぶりね。私は、カレン・アーミテージ――《星の図書館の娘《エルダーアステリア》》と呼ぶ方もいるわ」

錆色と闇色が織りなす哀退芸術的な歯車機械背景に、ダイヤモンドダストの如き埃《ほこり》が散る――その一粒一粒さえも演算されるメガ・データサーバー。高強度の仮想現実。ゴシックスチームの好事家たちの社交場。

膨大な0と1が演算したその空間で、カレンは緩やかに口を開いた。

「さて……腐るような退屈を紛らわせる遊戯の時間よ。本日のお客様は、一体どなた？」

更に接続を増した青い幽霊めいた無数のアバター。

そんな男たちを吟味するようにカレンは廃墟を見回しつつ、食事の咀嚼にも苦労するだろう小さな唇を開き、告げた。

「今日のルールも簡単……貴方たちは私の本棚から一冊の本を手に取り、開き、その中の一文や一言を告げる。……私はそのタイトルとページを当てる。たったこれだけ。……二度とは言わないわ。こんな説明も理解できぬ方は、仕方ないのだけれど」

どこか挑発的な光も持つカレンの涼しげな目線へ、電脳空間越しの男たちはいきり立つ。その折れそうな腰も、握り潰せそうな肩も、細身にそぐわない豊かすぎる乳房も、ドレスの奥で柔らかなる太腿も、カレンの十代後半の瑞々しい女体を征服した男は未だかつていない。

現実でも仮想でも、知識でしか男を知らぬカレンの細い肢体。

誰かが、画面の前で『今日こそは――』と喉を鳴らした。空間越しにも伝わりそうな欲望の気配。そんな青いアバターたちに囲まれてなお、彼女はつまらなそうに半眼を向けたままだ。

「長い文章でも、台詞《せりふ》でもいいわ。単語では駄目よ。二音節は必要……勿論私へのヒントが多ければ多いほど、貴方たちも長く私の肌に触れられる。……代わりに私が勝利したら、私は貴方たちの人生の体験の一部を貰いましょう」

カレンは、アリシアの如きクラッキングを得手としない。彼女は主の許可なくその居室には踏み入らない。故に彼女は、その主たちから、差し出させるのだ。

既に――入場のために、彼らの電脳に導入されたアプリケーション。カレン・アーミテージが作り出した電脳の呪文。静かなる使い魔。それを押し付けはしない。すべての機能を告げて同意を得て、権限を承認させた。皆、喜んで、自らにその呪文を刻んでいくのだ。

結局のところ電脳の主は人間だ。ならば、その人間を傾けるのが早い。そうすれば、如何なるセキュリティも意味をなさない――愚かしい欲望のままに、列をなして我が身を捧げる。

電脳開発者という意味でのハッカーであり、電脳簒奪《さんだつ》者という意味でのクラッカー。

それが、カレン・アーミテージという電脳潜行者《ジョッキー》だ。

「さて。……どうせ無益とはいえ、無為に時間を使う趣味はないわ。機会が多い方が、貴方がたも楽しいでしょう？」

その言葉に、更にアクセスが増加する。

青褪《あおざ》めた死霊と呼ぶには肉の欲求が強すぎる男たちの様子に内心で呆れ返りつつ、カレンは静かに男たちに照準した。

何かと忙しい企業共同統治地区の裁判官《ハヤブサ》である父と、企業系列の顧問弁護士《テンビン》である母に代わって――育てられた書店の主の祖父と電脳技術者である祖母から受け継いだ技術。

それを背景にした彼女は、作者が血を以って書いた本を読むかの如く――他人の人生経験を娯楽として吟味する。そして下らぬ賭けで得た人生データを本状のイメージとして集積し続ける情報屋《フクロウ》――《星の図書館の娘《エルダーアステリア》》。

すべては退廃。退屈しのぎ。

廃墟に聳《そび》えたる大いなる本棚を満たすのは、星の数ほどの人間の歴史。歴史に流れていく細かな人間たちのその記録。

ああ、いつか、答えが見付かるだろうか。

こんな世界への――納得と、その答えが見付かるだろうか。

「さあ、私の大切な蔵書よ？　子供の頃から買い集めたお気に入りたち……これだけで、貴方がたも私の人生を手にしていると言えるのではなくて？　どれでも好きに選んでいいわ。貴方が選び、私が答える。……それだけ単純な方が、複雑なこの世界には相応《ふさわ》しいでしょう？」

電脳のリアルタイム実行記録《タスクロガー》画面が、電脳検索などを行っていない身一つの賭けを証明する。彼女の潔白を証明する。男たちに期待を抱かせる。

高度に作られたカレンの仮想肉体は、実体と何一つ変わらない肉体は、仮想でも構わない――と男たちを昂らせ、或いはこんな高度で詳細な電脳アバターはきっと本人の多くを素《もと》にしているはずだと漲《みなぎ》らせる。

彼らにとって、ここは天の国なのだろう。退廃した、天の。

（……さて、アリシア。この狂い火の世界の犠牲者を前に、貴女はどうするの？）

明確な答えに行き着かず、しかし読書家の勘で思い浮かべた真相を前に――既に得ていた情報という本を手渡した相手の反応を考えながら、彼女は笑う。

自分が自分の答えを探すように――あちらはあちらの人生での規範を求めている事件屋《ランナー》。仕事上の付き合いで出会っただけの相手だが、ある種の同類としての親近感はある。それとも、読書家としての興味だろうか。いつだってカレンは、他人の物語が好きなのだ。

深淵なる大図書館の内にて世の営みを外れ、社会を俯瞰《ふかん》し吐息を漏らす部外者。

ああ、救えない世界《アポカリプス》だ。

だけれども、暗い場所だからこそよく星が見える。

その蔵書は、すべて、天に輝くそれに代わって――地に満ちたる多くの星。名もない星座。いつの日か、企業の歯車の内に消えていく星座。

蠱惑《こわく》的な半眼のまま、静かに胸をなぞったカレンは聴衆たちの一人を指差した――普段通りに。破滅的に。ああ、何たる救えない世界《アポカリプス》か。そんな嘲るような、諦めるような笑いと共に。

◇

◆

◇

夕暮れの街並み。

巨大な女王アリにその身を抱かせた悪魔的造形の古城は夕日に赤く燃えている。周囲を取り囲む巨大クレーンたちは、まさしくそれこそが電波塔めいていた。

ふむ、と金髪を揺らしてアリシアは吐息を漏らす。伸びを一つ。

存在していると——外部と通信を行うものがあると確かめられてしまえば、あとは探すのはそう難しい話ではない。必然的にそれなりのサイズの増幅装置を有していて、見通し距離という電波を受け取るためのルールのようなものを満たしていて、つまりはある程度の高さがあって周りが拓けていればそれでいい。

その条件を満たす施設は、この街にあってはこの古城だけだ。

そして——アリシアは侵入を行ってはいない。別にわざわざ内部に飛び込む必要はないのだ。電脳魔導師《ニューロマンシー》の触角たる仮想量子線《ストレイライン》を伸ばして、外部から疑似的な有線接続をしてやればそれで終わり。案の定というか、対策意識の低さ故に机に張られていたパスワードは室内監視カメラをジャックして読み取った。

特にセキュリティ意識が十分でない場所において、監視カメラのようなこの手の監視装置というのは——単純動作を行わせればいいという利便性と外部で映像を確認したいという需要で、機材自体それに十分なクラッキング対策がされていない傾向にある。それについては辞書ツールを併用した総当たり攻撃《BFO》で権限を奪い取っていた。

そうして、カレンから受け取ったデータ。

その上でアリシアがこれまで得ていた情報から、一つの事実が浮かび上がった。

（……あの襲撃者。あれは多分、ジェレミー・西郷の娘……）

名を、アカネ・アンリエッタ・西郷。艶やかな長い黒髪の幸薄げな少女。年齢はアリシアよりも年下の十四歳。身長は歳の割には長身で、あの襲撃者と概ね一致している。

ジェレミー・西郷の多くの絵のモデルとなった彼女は、唯一の肉親と共に移住した。

問題は……そんな捜索対象の娘が何故かサイバネモンスターと化していて、アリシアらに襲い掛かって来たということだ。しかも、あの、接続した際の感覚が異常な状態だった。

(話に聞くヴァンパネイラ・ウィルスとか、薬物中毒者《ジャンキー》とか……とにかく、とてもまともとは思えない。ほとんど、あれは人間じゃないわ)

金切り声のように吹き荒れる精神のノイズを思い出して身震いする。

(まあ、中には……駆動させるとアッパーに入るサイバネとか、あと、電脳魔導師《ニューロマンシー》対策であの手の感情攻勢防壁を入れるってのもあるけど……第一なんであたしたちに攻撃を？)

そこに関しては考えても答えが出ない。謎が深まるばかりだ。

あんな状態の娘を伴ってジェレミー・西郷は何をしているのか。あの状態の娘は彼の望むところなのか。本人は一体どこにいるのか。生きているのか。

念のために、例のサイバネ武装についてもオンラインで情報を収集してみたが……特に決定打にはならなかった。西郷の一家がここに移住したのちに外で発売されたモデルならば、この街に来てから購入の必要性が出た——ということであるし、以前からの持ち物ならば、彼らがこの街に来ざるを得なかった理由との関連性が生まれるが——残念ながら特定できず。

（……その辺、次に会うことがあったら義肢本体に繋いでみて……ね）

ふう、と吐息を漏らした。

前者なら、外に買い付けに行けるだけの人間がその購入と——購入の必要性に関わっているということだ。その何者かの下にアカネがいることになる。

他にカレンから手に入れたデータは、まだ、読み取れていない。

既に傾いて沈みかけの太陽。ジェイスとの待ち合わせの時間だった。この街に着いてから、彼が話を通しておくと言った人間たちとの。

つまりは今アリシアが、ジェレミー・西郷と最も関わりがあるだろうと見做している本命の相手だ。

（さて、と。相手がどう出てくるか……まあ、仮に何かやられてもそこらの用心棒《サムライ》や始末人《モンド》に後れを取るつもりはないけど）

ジェイスはアリシアのあの推理を、彼らに報告するだろうか。

それとも単なる顔つなぎ程度なのか。

ここに来ては、あの襲撃のせいで——後者の可能性が否定しきれないのが悩みどころだ。

まず確実にこの街の事情通……マフィアのようなものは、既に殺されていない限りはジェレミー・西郷と何らかの関わりがあると見ていい。薬物の流通度合・薬物精製施設の不存在・外貨獲得手段の必要性から考えて、このあたりの可能性は殆ど否定されまい。

次に問題になるのは、あの襲撃者であるアカネ・アンリエッタの所在だ。

順当に考えれば、父親が働かされていればその娘も少なからず関わらせられているだろう。外ならいざ知らず、公権力による保護が企業相手よりも期待できないこの場所では自明の理だ。

例えば娘を人質に取られたジェレミー・西郷は彼らの下で働かされており、娘はあのサイバネ義肢を装着させられて、麻薬で戦闘への忌避感を削って始末人《モンド》の真似事をさせられている——というストーリーが簡単に思い浮かぶ。

ただし……

（……そうなると、問題になってくるのはあの時のジェイスの反応よね。ジェイスとそいつらに関わりがあるなら、何かしらジェレミー・西郷についても知ってる。そうなれば、娘がそうされていることにも辿り着いているはず……）

それにしては攻撃を躊躇《ためら》わなかったことに違和感がある。仮にジェイスが即座に割り切って迎撃できる素晴らしい判断の持ち主で、自分に上役から始末人《モンド》が差し向けられたと理解しているなら——……今度はアリシアに例のクラブを案内するというのがおかしくなる。

ジェイスが、単なる仲介人で案内人というならこの件は終わり。

（それとも……始末人《モンド》については聞かされていないか。もしくは、麻薬の取引絡みの組織とアカネ・アンリエッタは全く別で動いてるか……少なくともあのレベルのサイバネを運用するならそれなりの整備は必要と思うけど……そんな組織がこの中にいくつもあるの？……とてもそうは見えないけど）

まあ、ある程度の個人のエンジニアと共に動かす――というのも有り得るか。

そうなると今度は、何故アカネ・アンリエッタがそうなっていて、彼女を使っている人間が何を企んでいるのかの話になってくる。

（……もしそうだったら、それに関して調べるのは今回の件からは少し外れそうなのよね）

むぅ、と口を噤む。

それでも――きっと余分な感傷だろうか。ただの無駄な、どうしようもない思いだろうか。

（お父さんとあなたは……どうなってるの？　あなたは、お父さんを守ってるの？　それとも使われてるだけなの？　こんな形に……なりたかったの？）

娘として――母を失い、父とも離れてしまった娘としてのアリシアの感傷。

チクリと痛む胸の感覚に瞳を閉じ、小さく拳を握る。

ともあれ、現状でできる分析はここまでだろうか。

あとは実際に出会った人間から読み取るしかない。

もう一つ、何故ジェレミー・西郷がこの街に来たか——それについては、カレンから得た膨大なデータを、脳内で複数に分裂させた仮想オペレーティングシステムで同時並列的に分析している。

ある種の無意識領域での思考や白昼夢のように意識の奥で行われる演算。

生身の自分はその間に前者を確かめるだけだと、石畳の街を歩く。

いよいよ待ち合わせ場所のクラブが見えてくるかと——そんなときだった。

「——……？」

ぷつん、と。

何か千切れる感覚がした。唐突にすーすーした。

下腹部が。大事なところが。

すーすーと。

（——にゃぁっ!?）

二つ尾のような金髪を揺らして、思わず下を見る。

呆然とした。愕然《がくぜん》とした。タイトミニのようになっているバトルワンピースの裾から、露わにされた己の太腿から、何かが垂れ下がっている。ピンク色の何かが。

ショーツが、ピンク色のショーツが、ただの布に成り下がっていた。

あれだ。あの虫モドキの襲撃者の、アカネ・アンリエッタの攻撃を躱したときだ。腰のあたりを刃が掠《かす》めた。それが、ショーツの大切な片側を絶妙に切り裂いていたのだ。今の今まで、千切れない程度に。

あの後、未来疑似体験《フォー・シムステイム》で追体験した不調を消すために感覚を鎮静化させた。

それですっかり、傷について確認してなかった。忘れていた。全然考えてなかった。

（ノ、ノーパ――――）

頬が瞬く間に熱くなる。こんな場所で。こんなところで。街中で。ブラジャーもショーツもなし。完全になし。こんなミニの、タイトスカートみたいになったワンピースで。変態だ。完全に変態だ。何一つ言い訳できない破廉恥だ。すけべだ。終わりだ。

大急ぎでトレンチコートの前を閉じた。前を閉じて、路地裏に駆け込んだ。人通りが多い。それから逃れるために影を探した。そのたびに少しずつ、太腿に引っかかったショーツがずり落ちようとしてくる。どんどん頬が熱くなって、涙目になってくる。

（むっ、結ぶ……結べば……！）

やがて辿り着いた場所で、半泣きでショーツの端を弄る。ワンピースの片側がチャイナ服のスリットみたいにザックリ裂けていたことに余計に半泣きになった。ワンピースミニチャイナドレス・ノーブラノーパン。死だ。もう、死だ。死しかない。死にたい。

しかし、考えれば判るだろう。

元々結ぶことを前提にしていない下着は、ゴムで伸ばしているだけの下着は、どう考えてもそんな余裕がない。結べるだけの長さがない。

替えの下着は買えない。この街では変態的な値段の取引しかされてない。買えるならノーブラになったときにとっくに買っていた。駄目だった。ないのだ。下着が。女性用の下着が。買えないのだ。替えないのだ。

針。針と糸。針と糸を買えば、せめて、何とかなる。何とかなってほしい。何とかならないと駄目だ。ノーブラノーパンで聞き込みする探偵。終わりだ。死ぬ。社会的に死ぬ。乙女として何かが死ぬ。大切な何かが死んじゃう。

（こっ……ここまで演算しなさいよぉっ！　ばか悪魔！　ばか悪魔！　ばか悪魔！）

脳内の同居人に滅茶苦茶に罵声を浴びせて、踵を返す。いや、まずはトレンチコートを完全に閉めるところからか。ボタンを留めないと。そうすれば隠せる。一応何とかなる。

しかし――

「……おい。待ち合わせに来ねえでどうした、子猫《キティ》」

「ひっ!?」

サングラスの上の眉間に皺を寄せて、不機嫌そうなジェイスが路地裏を覗き込んでいた。

トレンチコートの前を塞ごうとする手が止まる。

まだショーツはぶら下がってる。

「オイオイオイオイ、言ったよな。本当は初日に会わせる予定だった……って。その予定を変えたんだ、って。だから今回遅れるのはできねえって……さっき別れる前に、確かにオレはそう言ったぜ？　なあ？」

「あ、いや……その……ちょ、ちょっと事情が……ちょ、ちょっとだけ待――」

「今さっき相手方からもあってな。今夜はあまり時間がとれねえって。店内のイベントの間だけだ。……もう時間がねえんだ。さっさと行くぞ」

腕を掴まれ、ぐい――と身体を引かれた。

それぐらい危ない相手なのか。そんな力関係なのだろうか。やはりジェイスと相手には強固な結びつきはないのか――なんて考えつつ、頭の中はノーパンのことでいっぱいだった。

すーすーするノーパンの。

「ちょ、ちょっと待ちなさいよ！　まっ、ちょっと！　先っちょだけ！　先っちょだけでいいから！」

「わけわかんねえこと言ってんじゃねえ。テメエのプロ意識ってのはどうした」

そんな言葉と共に引き摺られていく。

情報を得るより先に、大切な何かを失いそうだった。

そして――

「ほう？」

高周波刀剣特有の機械的に角張った厳めしい鞘の——脇差のみを下げた白髪の青年が、興味深そうにその背を目で追っていた。

◇◆◇

極彩色と蛍光色のスポットライトがネオンめいて店内を躍り、小気味の良い電子音声がリズムを刻む。

浅黒い肌のジェイスは人の波に譲ることなくズカズカと進み、一方のアリシアはおっかなびっくりとコートの前を握りしめてクラブの中を歩く。店内を満たす人とぶつかって手が外れてしまうたびに、思いっきり赤面しながらワンピースの裾とコートの襟を引っ張って、アリシアは涙目になりながら身を守る。

店名——昔日文化展覧会『文化祭』。

何かが間違っている。いや、多分何もかもおかしい。

文化祭であるというのにステージ上では艶《なま》めかしい踊りを踊る女性が一枚一枚服を脱ぎ捨て、そのたびに歓声が沸く。天井から床下まで一直線に延びたポールに身体を擦り付ける女性は、見せてはいけない女性の場所を巧みに隠しながら揺れ動く肢体を群衆に晒していた。

あの日、ジェイスの居たバーより酷い。

完全に顔を真っ赤にしたアリシアは床を見詰めるほかなく、ただただその代わりにバトルワンピースの裾をどこまでも引っ張って太腿をとにかく隠そうとしていた。

「な、なんなのよこれ！　なんなのよ！　なんでポール・スポーツで服脱いでるのよ！」

「あん？　あれ、元々はそういう踊りなんだよ。知らねえのか？」

「嘘！　絶対嘘！　あんなにハードなスポーツで服まで脱がなきゃいけないなんて、一握りの選ばれたすごい人しかできないじゃない！　選ばれた天才だけよ、そんなことできるの！　そんな競技じゃ大会ができるまで人なんて集まるわけないでしょ！」

「……だから、元々はそうだったんだってんだ」

ジェイスの言葉は、はっきり言ってしまえば冗談にしか聞こえなかった。どうせこの店も、適当な名目ですけべを提供するだけの店に決まっている。

そんなふうに金色の毛を逆立てるアリシアは、やがて、ジェイスが立ち止まり見上げる先を見詰めた。ガラスの仕切りの向こうの二階のロフト席。店内を一望できるその席には革張りのソファがいくつも並び、既に幾人かの客がバニー姿のコンパニオンに給仕されている。

「アレがそれなの？」

「ああ、あんま待たせると……と、ちょうどよくイベントだな。行くぞ」

ピンク色の蛍光ネオンに満たされているような店内の明かりが、急に静まり返った。

薄暗がり。客の足は止まり、その大半がステージに集中している。動き出すなら今がチャンスだ。

『昔日文化展覧会にお集まりいただきありがとうございます！　今宵のイベントの時間です！』

陽気な司会の声に、観客たちが手を叩く。

楽しそうだ。平和そうで何よりだ。きっと頭の中身が火星にまで飛んでいるのだろう。

アリシアたちは仕事だというのに――実に楽しそうに。

『昔日文化展覧会では、様々なゲストの方をお呼びして、かつて世界に広がっていた芸術を皆様に広げる試みをしております！　そのためには、皆様のお力が必要です！　おわかりかと思いますが、ご指名を受けた方は、快く文化の再現にご協力ください！』

真面目そうな口ぶり。つまるところ、観客参加型のショーということか。

物珍しさと、貴重な体験。そんなもので人を釣っているのか――話題性の提供。

マイクの声を受け流しつつ、アリシアたちは階段を目指した。そう遠くない。出入りのためか、その周辺では人がはけている。

あと少し。

『さて、今宵紡ぐのは……ご存じの方もおりますでしょうか！　トラディショナル・アダルト・ビデオレコード！　これは世の人々のために知識を啓蒙し、そしてそれを多くの人に呑み込みやすいような再現ドラマの形式をとって行われた映像芸術です！』

啓蒙。ノンフィクション・ヴァーチャル・ムービーの一種か。

それは確かに文化であり芸術だろう。アリシアも、古い平面映画を嗜むことがある。その中のヒーローは奥行きや立体音響もないものであるが、それでも力強いパワーに溢れているし、女優と二人で紡がれる言葉は、全身や背景を見通せないからこその集中力がある。監督の意図したカメラワークを、その通りに。そこに込められた主題や表現は、あれこそが確かに芸術だと呼ぶには十分で――――……あだると・びでおれこーど？　あだると？

あだると。あだると。あだると・びでお・れこーど。

…………。

なんとなく、何か不穏な気がした。僅かに頭痛がした。多分聞き間違いだと思いたかった。今の解説は、昔の人が聞いたら噴飯もののような言葉ではないのだろうか。

その瞬間――真っ白のスポットライトがアリシアたちを照らし、視界にノイズが走った。

『さあ、ではそこのお二人にお願いしてみましょう！　勿論、これはあくまでも疑似体験です！　絶対に本番をしてはいけませんよ！　では、ご協力をお願いします！』

アリシアとジェイスを囲むように、笑顔のバニースーツの女性たちが現れた。

頬が凍る。周囲で叩かれる多くの人々の手は、明らかに有無を言わさない圧力がある。

流石にアリシアも、これだけの数の人々を相手に仮想量子線《ストレイライン》を走らせることはできない。クラッキングが間に合わない。

「……はぁ、オーケイ子猫《キティ》。ショウをぶち壊しにしておいて、面通《ツラ》りをお願いするなんて無理話だぜ？　腹を据えろ。いいな？」

サングラスを中指で上げたジェイスが、肩を竦めた。

壇上へ。

否応なく壇上へ、上らなければならなかった。

そしてスポットライトの中で、アリシアは仰向けに転がっていた。
カントク――と呼ばれたクラシック・ヒュージカメラを片手にした、痩せていて髪がぼさぼさの男が細かく指示を飛ばした。つまりはそれが如何に芸術的であり、如何にかつては多くの人に受け入れられ、そのビデオの教育性が広く認識されたためにそれはフィルム再生機の売り上げにまで作用し、それの有用性をめぐって立法府で議論が交わされ、強い教育性と知識性を求めた勉強熱心なティーンエイジャーが僅かばかりの小遣いをやりくりし、またそのフィルムは大いに持続可能な社会に貢献するために老年から若年へと野外で譲渡が行われ、そして多種多様な性の受け入れのための様々なテーマを題材にしていたのか――それを熱弁された。

芸術なのだと。

営みなのだと。

そうも熱く語られてしまっては、少なくとも彼の言葉に嘘があるとは思えなかった。その熱意は芸術家しか持ち得ぬものだ。きっとそんな一人の人間を魅了する文化の深奥なのだ。

その最中に彼が中指と薬指を実に激しく動かしていたのだけは意味が分からなかったが——とにかく、アリシアにステージの上で文化を表現してほしいとのことだった。

熱量に言いくるめられる形で壇上に乗せられたものであったが——……それともそれは、かつての記憶を思い返してしまったからだろうか。

（……いつぶりだろ、ステージ。ママがまだいるとき……だったよね）

アリシアと同じ金の髪と青の瞳を持っていた母親。

すらりと伸びた腕と指が、巧みに曲に込められた情熱を表現するその姿を誇りに思っていた。あれこそが、本当の魔法だと思っていた。だからアリシアも、母を追うようにピアノのレッスンを始めたのだ。——それが、一番喜んでくれると思って。

花束を片手にアリシアを迎える父を想った。コンクールのあと、みんなでレストランでディナーを取ったことを想った。キラキラで、輝いていた思い出だった。——だけど、崩れた。

六年前。アリシアの義務教育が終わる歳のことだった。

顔を変え、手足を変え、知らぬ土地で見付かった母親。ある日突然コンサートの会場からいなくなってしまって、半年後に発見された母親。雨の日に——アリシアと、父との記憶をすべて失って。娼婦として。その脳には快楽が焼き付いて。

——快楽失墜症候群《パラダイス・ロスト》。

そう名付けられた病であることを、知っている。有り触れた一つの死だと知っている。

人の心から、記憶から、消されてしまう痛みをアリシアは知っている。

だからこそ——それだけはできない。己の電脳魔導師《ニューロマンシー》の力は、アリシア・アークライトだけはそれを封じている。

そういう意味では、このように記録を残すというのは記憶にも大切だろうか。

思えば母とのあの日々も、映像に残しておけばよかったと悔いる気持ちで——

「…………みゃ」

あとから壇上に上って来たジェイスを見た。上半身裸だった。

話が違う。話が全く違うと、アリシアは内心で毛を逆立てた。

衣服を着用して撮影が行われたという話も聞いており、多少は際どいポーズもあるかもしれないが、あくまでも芸術の域を出ないと言われたはずだった。

　だが、浅黒い肌とズボン間際に下腹部のトライバル・スケベ・タトゥー――淫紋＝一種の性的強者を表すタトゥー表現――まで覗かせたジェイスは、小柄なアリシアに覆いかぶさっていた。そのまま、服越しに密着させられた腰を揺さぶられる。

「っ、んっ、うっ、んんっ……ぜ、ぜったい変なとこ触るんじゃないわよ……！」

「うるせえなあ」

「もっ、もし不埒なことしたらぜったいに許さないから！　このすけべ！　変態！　犯罪者！　最低死刑囚！　絞首刑！　あと、ぜったいこっちの顔見ないで……！」

「注文が多いぜ、子猫《キティ》」

「んっ、耳元で……喋るなぁ……！」

　ステージの上の二人は、少なくとも衣装を纏っている。しかしながら、そんなことにどれだけ意味があるだろう。乙女の柔肌の、その白い太腿を鳥の翼のように開いて――一番大事な真ん中に覆いかぶさるように、男の肉体が中心に割り込んで。

　意中でない相手にそれをされているだけで穢された気分になる。

　それどころかそんな状態で、腰を揺さぶられているのだ。

　お互いの腰をくっつけて、体を揺さぶられているのだ。

　今すぐに目の前の頬を張り倒して、昏倒させてステージをぶち壊してやりたい。こんなのを見て喜ぶ奴らも、これ幸いと自分にハラスメントを行ってくるジェイスも。

だが、もう、壇上でこうせざるを得なかった。

ここで波風を立ててショーをぶち壊すことがどれだけの意味となるのかを説かれた。メンツを潰した上で情報を引き出すことが如何に困難なのかを説かれた。更にはポール・スポーツがかつては真実、アングラな性風俗の面を持ちながら、今日ではスポーツとして確立されたかの歴史を説かれた。つまり、同様なのだと。

だが今のこれは、どんな言葉で言い表されようが――どう見ても常軌を逸している。

筋肉質の浅黒いジェイスの肌が、小柄ながらに豊満なアリシアの肢体を組み敷いて、明確に男女の間で交わされる密やかな交渉の疑似体験を行っているのだ。――ステージの上で。衆目に晒されながら。

（んっ、あっ、くっ、うっ……ううっ、耳元っ……息……へんっ♡　気持ち悪い……♡）

顔の真横に突かれた逞《たくま》しい腕は、アリシアがこれまで知ったことのない明らかなる男の肉体だった。小柄なアリシアの顔の前には細身ながらに筋肉質の胸板が壁のように広がり、彼の動きに合わせて上下し、ぽたぽたと汗が垂れては雄の匂いを伝えてくる。

スキンシップと呼ぶには行き過ぎていて、ショーと呼ぶには悪ふざけが過ぎる。

（こんなのっ、ぜったいへん……！　おかしいっ、おかしいぃっ……♡）

ぐりぐりされてる。

服越しに、下着のないあそこを、大事なところを、服越しおちんちんで刺激されてる。

辛うじてかぶさったバトルワンピースと彼のデニムジーンズのおかげで体温は伝わらないが、そのザラザラとした感触が擦れる。アリシアの初心《うぶ》な突起には、そちらの方が余計に快楽のみに集中できてしまう悩ましいものだった。

そのまま……ガツガツと。ごつごつと。ずんずんと腰を腰に打ち付けられる。

ぐりぐりっ♡ぐりぐりっ♡と、大事な場所に圧迫感を感じる。

せっくすの予習。

おちんちんの体験版。

えっちのシミュレーション。

大勢の前で足を広げさせられて。股を開かせられて。白い太腿が丸見えになって。間に入ってきて。くっついて。ごつごつした体が覆いかぶさってきて。もしもワンピースの布が少しでもズレたら皆に全部見えてしまって。大事なところを見られてしまって。

それどころか、太腿の横にできたスリットから――勘のいい人ならアリシアが何も穿《は》いてないと気付けてしまう。ゆさゆさと大きく揺さぶられる乳房の動きからは、多分着けてないとバレてしまう。

そんなふうに、全然大丈夫じゃないことを――ステージの上で、お店の中心で、お客さんの輪の中で、あんまりにも大勢の男の人たちに晒してしまっている。

（やっ、ひっ、だ、駄目――――♡）

恥ずかしい。

耐えられない。

ありえない。

そう思えば思うだけ、どうにもならないぐらいに頬が真っ赤になって身体の熱が上がっていっている気がした。抑え込めば抑え込もうとするだけ、恥ずかしさを考えてはいけないと思うだけ、それがアリシアの羞恥心を刺激して精神を追い詰める。

よくないこと。こんなのだめなこと。えっちですけべで恥ずかしくて嫌なこと――。

そんな思いが、ぐるぐると頭の中に渦巻いた。渦巻いて、追い詰めて、溢れ出して、押し寄せて――それが頭をぼーっとさせた。このクラブの熱気が、薄い酸素が、何から何までアリシアを追い詰めた。

いつ終わるのか。演技というなら、演技で終わらせられるはずだ。

ジェイスの顔を見上げると、片笑いで楽しんでいるふうだった。こんなときなのに。こんなことをして。カーっと顔が熱くなる。青い涙目で、ジェイスを睨みつけた。

もう終わりだ――そう怒鳴ってやろうとした、その時だった。

ふわりと……涼しい風が、一番大事な体の中心を撫でた。ジェイスの動きのせいで、深いスリットを入れられた前垂れのようになったバトルワンピースが捲《めく》れあがろうとしていた。

（これっ、みっ、みんなに見られ——————!?）

咄嗟に——思いっきり足をジェイスの胴に絡ませた。押さえ付けて、捲れないように。彼自身の身体を視線のガードに使うために。

しかし、

『おおっ！　実に大胆な動きです！　いいですね、これは、フィニッシュが近いということです！　そうです！　このように、人に教えるためにトラディショナル・アダルト・ビデオレコードはあったのです！　彼女はその精神を理解しています！』

好き勝手に司会が騒ぎ立てる。

思いっきり心の中で罵声を浴びせようとしたが、できなかった。密着してしまったその分、布越しに感じる刺激が増した。それどころか——くちゅくちゅ♡と何かが鳴っていた。何か、湿った水の音がした。

「随分と積極的じゃねえか、ええっ、子猫《キティ》……オレとしてはもう少し楽しみてえが……」

「さっ、さっさと終わらせなさいよっ……このへんたいっ！　へんたいっ！」

「へえ……？　じゃあ、その変態の動きで腰抜かすんじゃねえぞ？」

覗き込むジェイスの顔が嗜虐《しぎゃく》的に染まる。

そして、僅かに舞台から腰を浮かせた。はらりと、バトルワンピースの裾が捲れる。お尻が一瞬、露わになった。うんちの穴まで、露わになった。

ぼっと、顔から火が噴き出そうなほどに紅潮する。思わず涙目で抗議の声を上げようとし、

「んじゃあ、フィニッシュだ。オラ、声でも我慢しとくんだな」

「ちょ、ま――」

ぐっと、何も纏わないお尻を手で掴まれた。がっしりと、抜け出せない。男の手のひらが、強引な手のひらが、絶対に逃げることを許してくれない手のひらが、アリシアの丸い桃尻に指を喰い込ませた。

完全に。雄の力を、理解させられた。

そして――ぐりぐりっ♡と擦り付けながら、こつこつっ♡と逃げ場のない衝撃をお腹の奥にしみこませてくるその動きに、

「～～～～～～～～～～～～～～～～～～～～～～～～～～～～っ♡♡♡」

アリシアは背筋を仰け反らせて、ステージ上で声にならない悲鳴を上げた。

チカチカと、スポットライトが何倍にもなったような感覚を覚える。

熱にとろけた表情の目元と口元から、ゆっくりと水滴が滴った。

【――演算、終了】

パチン、と視界が急速に現実感を取り戻す。背筋で弾ける噴き出るような快感の波。真っ赤に充血した花弁の中心のその奥の奥から伝わる甘い痺れと、腰から広がるような熱っぽい倦怠感。乳首が服を押し上げるほどに高潮し、犬のように口を開いたアリシアは、がくがくと腰を揺らした。

『さて、今宵紡ぐのは……ご存じの方もおりますでしょうか！　トラディショナル・アダルト・ビデオレコード！　これは世の人々のために知識を啓蒙し、そしてそれを多くの人に呑み込みやすいような再現ドラマの形式をとって行われた映像芸術です！』

スポットライトが稼働する。真っ白なその円形の光はアリシアたちを照らし――

（――――仮想量子線《ストレイライン》っ）

そのまま、彼女たちのすぐ隣に来ていた……あまりさえない風貌の男子二人を、その栄光に導いた。

青年たちが顔を見合わせる。孤独な身のままスケベなショーを見て欲望を満たし溜飲を下げようとしていた二人は、なんの因果か、白日の下に晒されてしまった。

『ええと……素晴らしいご友人！　さあ、ではこのお二人にお願いしてみましょう！　勿論、これはあくまでも疑似体験です！　絶対に本番をしてはいけませんよ！　グッドラック、マイフレンド！　最後の障子を突き破れ――――！』

僅かに困惑したような司会が、それでも気を取り直して声を上げた。とりあえず観客たちも盛り上がった。たまにあるこの手のハプニングも、大好物なのだ。

青年たちが助けを求めるように周囲に視線を彷徨わせ、そして諦めた。彼らの仲間は彼らしかいない。その驚愕も絶望も愕然も共有できるのは、お互いしかいなかった。

やがて、意を決して――――男らしく互いのその手が握られる。

「……マジか。やるのかアイツら。マジかよ」

「っ、イっ……イくっ……わ、よ……っ」

よろよろとした小鹿のような足取りで、アリシアは歩き出す。

怪訝そうに眺めるジェイスがその後を追う。

――――未来疑似体験《フォー・シムステイム》。

そう。……それは、あくまでも未来の追体験だ。つまりその経験は、アリシアの背筋に消せない快楽として確かに刻まれるのだ。如何に仮想だろうとも、逃れられない。

今のアリシアの肉体は実際には一切の刺激を受けておらずとも、アリシアの精神と記憶はすべての行為を受けたものとして受け止めている。

それが――七十二柱《ゴエティア・ナンバーズ》の電子魔神・第二十二位のアイポロスの権能。

（なにしてるのよぉ……！　ばか悪魔！　ばか悪魔！　ばかあくまぁ！　ばかぁっ！）

本契約でないというのにはもう一つ意味があった。それが――これだ。

時にこの演算は、アリシアの意思とは無関係に発現する。それも……性的な事案に対して。

「っ、う、ぅ……」

くちゅっ♡と動き出した太腿の付け根で鳴ったその音は、

『おおっと！　なんたることか――！　二人は幸せなキスをして終了だ――――！

おめでとう！　カップル成立おめでとう！　エンダァァァァァァ・ラヴ・フォース・ユア・ジャスティスッッ！』

昔日文化展覧会クラブの喧騒に紛れて消える。

ぽたぽたと、歩き出すアリシアの太腿を透明な液体が伝っていた。

chapter5:
古城の掟——ルール・フォー・ドッグ

GOETIA SHOCK

Goetia Shock I
Cyberdetective Alicia Arkwright
and
ink-painted nightmare

【快楽失墜症候群《パラダイス・ロスト》】〔**名詞**〕**Paradise-Lost-Syndrome**

電脳技術の発展により可能となってしまった通常の閾値《しきいち》を超えた中枢神経系への刺激などによって引き起こされる中枢神経疾患。脳器質への不可逆の変異を原因とする。

中脳の報酬系、或いは自律神経系などとも繋がりが大きい。

その症状は軽度のもので貞操観念の希薄化、無軌道な性交流、刺激系薬物依存、性行動過多、日常的な幸福喪失感を含み——重度のものとなれば、言語障害や記憶障害、神経伝達物質の異常によるパーキンソン症候群などの運動障害にも繋がり得る。

旧来から事例の確認はなされていたが、補助電脳の確立による治療方法の細分化に伴い、正式に『精神障害の診断と統計マニュアル』に記載された。

◇◆◇　Goetia Shock　◇◆◇
その男たちが座るシートは、初めにジェイスと出会ったクラブと同じようなものだ。革張りの曲線ソファ。ガラステーブル。その手の連中のお決まりの好み。赤髪、緑髪、黄色髪――信号機めいた三人の優男。一見すればギャングには見えない青年たち。

「――サイモン・ジェレミー・西郷？」

「そうよ。アンタたち、何か知ってる？」

未だにジンジンと体の芯からくる甘い痺れと太腿に伝わる不愉快な感触を噛み殺して、腕を組んだアリシアは不機嫌そうに問いかけた。

一先ず、トレンチコートの前だけは何とか閉めた。辛うじて、乙女の沽券は守られている。

駆け引きはなし。ストレートに。相手への決定的な質問を。

言いながら、アリシアは即座に接続可能なように仮想量子線《ストレイライン》を漂わせていた。クラッキングすら必要ないだろう。繋いだ際の同調だけで、その精神状態は読み取れる。つまり嘘が判る。

相手が事件屋《ランナー》や企業構成員などの、補助電脳《ニューロギア》の保護訓練を受けた——つまり電脳アプリケーションの認証セキュリティ上にある感情認証などに対しての備えを、間接的には感情抑制の訓練をしている相手には簡単には行かないが、目の前の相手はそう見えない。十分に対処可能だ。

（……ま、こいつらドラッグをやってない保証がないから、迂闊に繋ぎたくはないけど）

冷徹に、猫のような青い瞳が細まっていく。

この答えによって、すべてが決まる。危険を承知でクラッキングをしてその脳内の情報を読み取り切るのか、そうでないかの。果たして——

「ああ、まあ、知ってるよ？　外から来たお客さんだろ？　おれたちの大切な協力者だ」

「……協力者？」

「ああ——」

赤髪の青年が語り出そうとした口を、アリシアは手で制した。

ギャングまがいの連中の下らぬ言い回しや狡《こす》っからい諧謔や蘊蓄はうんざりだ。

「なら、要求は一つよ。彼に会わせなさい」

「ははっ、威勢がいいね、お嬢ちゃん。でもさ——はいそうですか、とはいかないだろう？　いいかな、こういうのにはちゃんとした交渉が必要なんだ。誠意のある交渉って奴が。失礼なのは駄目さ。古典的な本にも書いてあるだろう？　礼儀を――知れ、と」

一瞬だけ凄むような赤髪の目線だったが、アリシアは涼しい顔をしていた。

これまで、弾丸を叩き落とすサイボーグとやり合ったこともある。馬鹿みたいに弾の雨を降らせる奴とやり合ったこともある。そんなのに比べたら、目の前の相手はウサギのようなものだ。腕っぷしも装備も十分そうには見えない手合いだ。

「……で、一応聞いてあげるけど。礼儀ってのは？」

「頼み方がある、って話だよ。……ねえ？　仲良くしっかりと、誠意をもって話すのさ」

「……」

粘つくような男の目線が、トレンチコートを盛り上げるアリシアのバストに注がれた。

大体同じだ。アリシアが探偵をしていれば出会う手合いだ。くだらない、下劣な相手。

「……そう。じゃあいいわ。アンタたちとつながりがあるって判っただけで十分」

「十分？　サイモン・ジェレミーは大切な協力者でね。その場所は、おれたちにしか分からないんだぜ？　おれたちの案内なしじゃ会うことはできない。それに、ここまで色々とこの街を嗅ぎ回られて探られて、大人しく終わるなんて話はあるかな？　おれたちはせめて紳士的に話そうって言ってるのさ。同意と合意があった方が、お互いやりやすいだろう？」

「……はぁ」

頭が痛いといった様子で眉間を押さえたアリシアが、深々と溜め息をついた。

「二つ言いたいことがあるわ。……まずあたしは、彼がどうしているのか――つまりこのネオマイハマ芸術解放特区《アート・コミューン》に本当にいるのかどうか確かめにきただけ。それで、状態も。アンタたちの協力者をしてるっていうなら……少なくとも生きてる。つまり、ここまで報告書をまとめても依頼は達成なの。これ以上付き合う義理は、まるでないってこと」

「その報告の仕方の話だよ。どんな相手から頼まれたか……そこも聞きたいんだよね。その依頼人、彼がここでこうしてるって聞いて……大人しく終わってくれる人かな？」

「……依頼人について話す義理もないわね」

「じゃあ、おれたちも大人しく帰せないね。……ほら、誠意さ。せめて君が手酷いことにならないように仲良くやりたい。報告書の書き方も指定させてもらって、ね」

「……ああそう。自分が優位って思ってるのね。だから簡単に明かした。それで、この一日で思ったよりあたしの調査が進みすぎて誤魔化せないって思った――ってとこ？　あと、一度街に戻したら捕まえるのが面倒だ……ってとこかしら。まあ、入り組んでるわよね」

やけに素直なのは何のことはなく、彼らにはそうした方が利があったということだろう。

もし彼らがシラを切った場合、アリシアは捜し続ける。その途中で意図せずジェレミー・西郷やその痕跡を見付けてしまうことも有り得るし、見付からなかったとしても報告書にはそれまでの調査の状況が記される。そうしたら――彼らからしたら不明の依頼人が、より本腰を入れて再捜査にかかるかもしれない。そうなったら手間だ。どう転ぶか分からない。

　そのどこかでアリシアを消しても、別の人間が調査に来るかもしれない。

　それよりはこうして——直接交渉可能にしたうえで内実を探りつつ、下劣な交渉を突き付けた方が話が早い。アリシアが同意すれば儲けもの。同意しなくても逃げ場はないのはシラを切った時と結果は一緒で、ただ、命惜しさにアリシアが交渉に乗る可能性がある。抵抗も防げる。

　……ああ、なるほど合理的な判断だ。

「ははは。それで、言いたいことのもう一つはなんだい？」

　鷹揚に笑う赤髪の男を前に、アリシアは小さく腹から息を吐いた。

「アンタたちにしか分からないって——あの無様な拡張現実《AR》で隠した扉のこと？」

「——!?」

「まあ、よくできてるとは思うわ。ここじゃ、広告用の拡張現実《AR》も出てこない。基本的にどこも電脳絡みのものを遠ざけてる。そんな状況なら、ここには拡張現実《AR》というものがないとは思うから。ある意味では心理的な盲点ね」

　やれやれ、と肩を竦める。これまでのものについてはアリシアのフィールドではないがゆえに手古摺っていたが……むしろそれに関しては、アリシアの本領発揮と言うしかない。

元来彼女は、電脳探偵は、それだけの実力を持った存在なのだから。

「あたしの目は誤魔化せないわ。……さっさと案内するのと、痛い目を見てから案内するの……どっちがいいかしら？　悪いけど、あたしの誠意にはその二種類しかないわよ？」

どちらがギャングか分からないような言葉と共に、挑発するように彼女は目を細めた。

◇◆◇

金色の髪が揺れる。コツコツと、足音が響く。

それはある種のシェルターや軍事施設……それともイメージで言うなら地下道に近い場所か。打ちっぱなしのコンクリートで作られた廊下を、ぼんやりとした足元の非常灯を頼りにアリシアは進む。地図はない。

これなら、電脳から情報を抜き取っておけばよかったか。

いや、あの場で接続を行って、万が一ドラッグ中毒者だった場合は話が変わってくる。そうしてグロッキーになった挙句、無駄に増援を呼ばれることを考えたらこれしかなかった。

結局彼らは——大人しく従わなかった。

お決まりの脅し文句と共に胸倉へ伸ばされた腕を捻り上げ、払い落とし、昏倒させ、無力化する。それを三人分。ジェイスは両手を上げて、大人しくアリシアを見送った。

やはり彼は単なる仲介人だったのか。本気で暴れ回る彼女を止められないと判断したのか。

一派じゃないなら……だとしたら、少々、悪いことをしたと思った。あんな風に暴れ回ったアリシアを案内したともなれば、その後の関係悪化は避けられまい。

（……まあ、非常時だって言わせてもらうわ）

カレンが見ていたら、探偵の仕事ではないと揶揄するだろうか。

とはいえ何にしても——交渉は決裂したのだ。彼らは下劣にもアリシアの身体を求め、そしてアリシアにそれを差し出す選択肢はない。となれば後は金で解決するか、別の頼みで解決するか。……そも、下手したらアリシアをあの場で捕まえて監禁しようとしてくるやつに交渉も何もない。

場所で言うなら、この道はあの悪魔城の中に繋がっているようだった。やがて開けた空間は、様々な配線や内装の壁紙が垂れ下がって——本当はそこでおめかしをしていたであろう二足歩行の服を着た動物たちが、ドロイドや単なる人形が、串刺しのオブジェにされて置かれていた。

最悪の前衛芸術。どうぶつのくにの内ゲバ。クーデター。内乱。内部粛清。

まあ、ある意味ではこれもアートなのか。デフォルメされた人形たちが鉄杭に貫かれて死んでいるのは、見方によってはそういう作品と言えなくもない。時に十字架にかけられ、時に絞首刑にもされる。二足歩行によって人類に近付いた彼らはその身で人類史を表したのだ——と主張されたら、まあ、確かに一種の芸術だろう。全然趣味ではないが。

城のダンスホールであった場所を通り抜け、その奥の通路を目指す。それなりに人が通るレンガの床は目減りし、或いは足跡が残り、或いはそれ以外の場所には埃が積もっている。

また、お決まりのようにグラフィティ・アートが壁や床に施されていた。この街では、これがない場所が殆どない。皆、床や壁の自由帳で楽しんでいる。それとも——正しい行き先を示す道しるべなのだろうか。意味ありげな文字には、そんな意図が含まれているのかもしれない。

（んー……分析かけるにしても、流石にこういう芸術向けの汎用人工知能《AGI》はねぇ）

立ち止まり、文字のような絵画のような、そんなものが混然一体と描かれた蛍光色のそれらをしばし眺めてみるも——……諦めた。

そして、今度は城の中を進んでいく。廃城の。古城の。

展示品がなくなるにつれて、床に残るグラフィティ・アートが何かの幻惑的なサインじみて感じられてくる。善霊の助言か。死霊の呪文か。通常の現代的な建築よりも天井が高く幅広い通路を進む、そんなうちだった。

「……まぁ、予想通りよ。リベンジマッチがお望みかしら？」

廊下の角の先に感じた気配。その主の電脳の示す微弱な電波。

それには――ああ、覚えがある。そしてあの青年たちが何故あれほどまでに自信を持っていたのかも頷ける。まあ、彼らの案内がなければ通れないというのは真実なのだろう。

門番……となると、ああも簡単に迎撃を行おうとしたジェイスはやはり潔白だったのか。

なんにしても――避けられないなら、通るしかない。

自分も、同じく母に先立たれた娘として彼女を放ってはおけない。

「さあ、ショウタイムよ、オーディエン――」

角を進み――言い切るより、先に。

唸る鎌風が、身を屈めたアリシアの頭上を通過した。

青い視線の先には、その鋭い四本の義肢を広げた禍々しい影。黒きフードを纏った二足歩行のサイバネ昆虫。なるほど、この城の次世代の主は昆虫か。二足歩行した動物に代わり、今度は昆虫が覇権を握ったというわけだ。

あの現代社会の墓地よりも、よほど似合っている。

金属硬質のオオカマキリ。人の四肢と機械昆虫の四肢を併せ持つ殺人者。

推定――アカネ・アンリエッタ・西郷である少女。

その更なる鎌が振り下ろされるよりも先に、低く跳ねたアリシアは足払いにかかった。

上体にサイバネを付けた相手は、その重心が偏っている——サイバー・アイキの教え。

だが、虚しく長脛《スネ》が空を切った。

城の側壁に四本の鎌を突き立て、地から足を離して浮いた黒フードの襲撃者。

容易く、アリシアの一撃を回避した。

（さっきより、速い———違う。あたしが、鈍ってる⁉）

そこで覚えたのは、違和感だった。

身体に襲い掛かる——あの倦怠感と高揚感が混ざったような、ぼんやりと熱っぽい感覚。

またしても、それがアリシアの手足を包み込んでいた。

舌打ちと共に己の電脳に鎮静化プログラムを走らせようとしつつ、歯噛みする。現時点で、思考を仮想分割利用している。それだけの余裕がない。——いや、違う。そんな初歩的なミスをするものか。普段ならそれでもできる。なのに、何かに己のメモリを喰われている・・・・・・・・・・・・・・・・・・。

「っ——」

更に振り下ろされた刃を何とか潜る。二連撃。相手の補助肢が壁に突き刺さるのが、回避を助けた。閉所には向かない武器か。アリシアも閉所では回避が制限されるというので五分五分か。

だが、そうしているうちに、身体を襲う異常は更に熱を上げた。

理由は——分からない。目の前のサイバネ襲撃者から、何か特殊な電波が垂れ流されているということはない。薬剤の散布もない。

だが、確実にアリシアの電脳上で何かが作用しているのだ。

「……ジーザス」

肩の先で緩く腕を曲げたサイバー・アイキの構えのままに、アリシアは上気してくる吐息を漏らした。更に二連撃。上体を反らしてそれを躱し、辛うじて床と壁に突き刺してサイバネ義肢を封じた僅かな時間。

逡巡する。アイポロスの限定権能をフルに使って、死に覚えじみた技をしながら——ここで素手で制圧するしかないか。痛みを誤魔化すプログラムも使えずに。

死の痛みの予感に、にわかに身体が強張ってくる。

いよいよ相手がその鋭い大鎌を引き抜くかと、そう思ったその時だった。

「おちおち出店にも行けんな、この街は」

曲がり角のあたりから聞こえた落ち着いた声色——あの涼やかな声色。

直後現れたのは——右目を眼帯に隠した白髪金眼の青年。モデルのようでありながら、その肉体は戦闘者特有のしなやかに漲る逞しさを持ち合わせ、何より付き纏っている剣呑とした独特の気配。

殺人昆虫めいたサイボーグ少女との間に、アリシアを挟むような位置取りで現れた——

「柳生兵衛!?」

思わず声を上げるアリシアは、愕然とした。またしても彼に気付けなかった。気付けぬままに、ここまでの接近を果たされてしまっていた。

よほど虚を突くのが上手いのか。剣客でありながら、陰に潜む暗殺者めいたその登場。左手に湯気の立った蕎麦屋のどんぶりを持ったまま——右手一つで脇差の柄尻を押さえる黒衣の青年は、静かに目を細めていく。

「また会ったな、学生」

「……そーね、浪人《ローニン》」

殺人昆虫じみた黒フードと、白髪剣鬼を同時に視界に収めるアリシアの頬を冷汗が伝う。最悪の相手だ。理由も分からぬ不調を引きずるアリシアが、今、纏めて相手をできる手合いではない。……いや、そも、兵衛一人でお釣りが来てしまうだろう。

それ以上に分からぬのは、彼の立ち位置だった。

一瞬考えた、可能性——彼が何かしらジェレミー・西郷の協力者や護衛か。それとも彼のような刺客がいるからこそ、ジェレミー・西郷は娘にこんな装備をさせたのか。

それにより、アリシアの立ち回りは変わる。

そう——拳を握った瞬間だった。・・・・・・・・

「——さて、契約を果たすとしよう」

言葉を一つ。蕎麦のお椀が宙を舞う。揺るぎなく。

同時――巻き起こった甲高い金属音。一瞬で影もなくアリシアを抜き去った柳生兵衛が、その脇差が、鞘ごと左手で引き抜かれたその柄尻が、振り下ろされた大鎌を受け止めていた。

何たる歩法か。彼は、そんな、高速剣戟《けんげき》サイボーグと化しているのか。

「斬るからには抜く……抜くからには斬らねばならんとは、我ながら厄介だな」

涼しい笑みと共に、天に向けられたその右手が蕎麦のどんぶりを受け止めた。

即座に、昆虫じみたサイバネ義肢が稼働する。人体以外の四本腕が、カマキリの鎌を持つ蜘蛛《くも》めいた八本足の人型殺人昆虫が、柳生兵衛を切り刻むべく剣風を唸らせた。

だが――彼は動じず。抜刀すらせず。どんぶりを離すことなく。

ただ、躱す。当たらない。いや、それを、果たして回避と呼んでいいのか。高速で斬撃を往《い》なしているのではない。死線を潜っているのではない。むしろ、その唸り上げる強烈な鎌の一撃は初めから空振りさせられているとしか言いようがないのだ。不可思議なまでにただ出鱈目《でたらめ》に振るわれる中から、時たま当たりそうな一撃だけを軽々と避けている。

突如としてサイボーグが混乱した動きをしている風にしかアリシアには見えない。

一体、これは、なんのパフォーマンスなのだろうか。蕎麦屋の出前か。それがこのネオマイハマ芸術解放特区《アート・コミューン》に柳生兵衛が持ち込んだ表現芸術作品とでも言いたいのか。

「人の目は、動くものしか見えん。つまり、真の意味で動くものは見えんということだ」

一体、何の禅問答か。

飄々と嘯《うそぶ》く彼は、蕎麦の汁の一滴も零していない。そのまま四本腕の困惑を突くように躱しきっている。まさか、あのサイボーグの目に——柳生兵衛が見えていないというのか。

そして、もう一度どんぶりを宙に放った柳生兵衛が、鞘を押さえてその脇差の柄尻を握った。

抜刀術か。アカネ・アンリエッタを斬るのか。

アリシアが思わず身構える、そんな瞬間だった。

三つ——連なった金属音。それだけで、そのサイボーグが膝から崩れ落ちていた。

かろうじて、目で追えた。彼は抜刀すらしていない。まず一撃、右から迫る大鎌の一閃をやはり柄尻で弾いた。それだけで、義肢が動きを止めた。次いで——今度は逆側の鞘の先端で、別の大鎌を横から押した。やはり、それだけで動作が停止した。最後はそのまま、流れるように鞘でサイバネの主の顎の先を撫でた。そんな連撃だった。

「ふむ。まあ、こんなものか」

特に感じ入ることのない——といった様子で兵衛の右手が蕎麦のどんぶりを受け止めた。

あまりにも、位階が違う。抜刀すらせず、抵抗すら許さず、殺人的な斬撃圏を持つサイボーグを無力化するその実力。存在として、根本が違いすぎる。

（なんて……業前《ワザマエ》……）

聞いたことがある――――対機・新陰流。それは、対サイボーグの力を持つ新陰流であると。

一つは、その攻めと受けが攻防一体。つまりは、サイボーグを斬るために相手サイボーグの膂力《りょりょく》を利用するということ。受け捌き敵の力にて加速させた剣を以って相手を屠《ほふ》る。

もう一つが――これが特に記憶に残ったことだ。その技は、ある意味、ハッカーのそれに等しい。つまりはサイバネ装備の購入を行い、分析を行い、執拗なまでにその挙動を確かめた上で装備ごとの弱点を理解すること。あの攻撃は、すべて、あの義肢の内部構造を――その弱点を突いたのだろう。例えばどこかの配線の繋がりを衝撃で断ち、どこかの基盤の部品を外し、ある挙動中の想定外の外圧負荷で停止させる。

いわば、剣と肉体を用いた物理的なハッキング。

それが――対機・新陰流という流派であった。

当然、その修得には膨大すぎる時間を要する。無論ながら電脳技術による共有は可能であるが、その精緻《せいち》にして瞬息の業の判断を養うためには、否応なしの神経系の発達が不可欠だ。それすらも、無論、幼少期から電脳を制御すれば意識的に発達はさせられる。

だが――

「……アンタ、まさか、生身？」

アリシアの頬を、何度目にもなる冷汗が伝った。

戦闘に乗じて、柳生兵衛をクラッキングできないか試そうとしていた。だが、あれほど演算を必要とする動きをしながらも……彼からは何の補助電脳《ニューロギア》の稼働電波も発せられていなかったのだ。それは、一つのことしか意味しない。

「ふ。そうだ。私は――電脳魔導師《ニューロマンシー》の天敵だとも」

戦闘の高揚にか、僅かに頬を歪めた兵衛が告げる。

今更彼がアリシアの正体を見抜いたことに驚きはない。ただ最悪だ。最悪の相手だった。

そして、彼はその昏倒したサイボーグを斬るのか。殺すのか。だとしたら――自分が襲われたことを差し引いても見過ごせないと視線を細めるアリシアの前で、

「ふむ。……闖入者というなら、君をこそだ」

「……どういうこと？」

「こう言えばいいか？　私は、この先の西郷に雇われている」

瞬間、叩き付けられる猛烈な殺気――思わず、アリシアは勢いよく飛び退いていた。

ジェレミー・西郷はこの先に居る。しかし、進みようがない。これ以上踏み込めば躊躇いなく斬ると、柳生兵衛の金色の視線は告げていた。

「っ、う――どういうつもり!?　一体どういうこと!?」

「……終点に辿り着かずして真相が語られると、そう信じるのが探偵の流儀か？」

話すことはないと言いたげな、柳生兵衛の言葉。

睨み合ったまま……じりじりとアリシアは下がる。兵衛は動かない。蕎麦の湯気が上がる。

このまま彼とやり合うのは、不可能だ。あのアリシアに有利な道具溢れる企業都市で遭遇してなお、勝負になるかどうか。少なくとも……少なくとも手数がいる。この街にあるドロイドを掻き集めて、それで対抗するしかない。

問題は、彼の奥に倒れた黒フードのサイボーグだ。

「その子を……アンタは、どうする気……！　もしも父親と娘さんを引き離すなら、あたしは絶対に容赦しないわ……！」

アリシアに対して襲い掛かって来た相手だ。だが、殺されてしまうというなら――父と娘が永遠に引き離されてしまうというなら、ここでアリシアに撤退の選択肢はない。

しかし……

「抜いたなら斬る。つまり、抜かぬなら斬らぬということだ」

「……っ、そんな言葉、信用しろって――」

「君にそれ以外の選択肢があるというなら、私としても聞きたいが？」

絶対強者の立ち振る舞い。

その言葉の通りだ。今ここで、アリシア・アークライトが柳生兵衛の言葉を信じる以外の選択肢は存在していない。彼ならあの三撃のその間に十度は彼女を殺せたと、そう読み取ってしまった己の観察眼を信じるしかない。

「……っ」

何とか――何とかこの男を躱すか、無力化するかしないと先に進めない。そして、その解を導き出す材料が今のアリシアには不足していた。

ならば、もう、選べる手段は――撤退以外にあり得なかった。

背を向け、走り出す。

背後からの追撃は、かからなかった。

肩を何度も上下させ、アリシアは上がった息を整える。

あの、串刺し動物のオブジェたちが掲げられた城のダンスホールに。おぞましいその空間まで、逃げ帰ってきていた。

ぼんやりとした頭の熱は、体の熱は収まらない。何かしらのプログラムが作動していることに間違いはないが、しかし、クラッキングを受けた自覚はない。遠隔電波もない。

そのまま――ぐちゃぐちゃの頭を引き摺って、ぐちゃぐちゃの身体を引き摺って、足を引き摺って出口を目指す。

（ここに……ジェレミー・西郷がいた……それで、アカネ・アンリエッタ・西郷もいた……ジェレミーは柳生兵衛を雇ってる……何なの……？　どういう状況……？）

少なくとも、父親とあのマフィア崩れたちが協力関係という部分には本当に嘘がない。だって、連中はああなった娘と共にいるのだ。普通の父親なら、絶対に許さないだろう。もし娘が人質になっているなら――それこそ、あの柳生兵衛の出番だ。あんなに簡単に彼女を制圧した。そして兵衛なら、たかがマフィアなど一息に壊滅させられる。いつまでも囚われの身でいさせる理由がない。

あの口ぶりと気安さでは、少なくとも兵衛は何度かここを訪れている。娘との接触機会もあるだろう。つまり確実に、その父は、知っていて娘をあのままにしているのだ。

一体――何が。何を考えているのか。父親が、娘を見捨てたのか。

（あなたは……そんなふうに娘さんを差し出して……こんな街で何をやっているのよ……！）

義憤のような気持ちが湧いてくる。先ほど殺されかけたばかりだというのに、アリシアは彼女に同情をしてしまっていた。

事件の真相は分からない。だが、それを手にする扉は目の前だ。

ここまでの調査のおかげで、あのマフィア崩れたちにこんな短絡的な行動をさせるまで近付くことができた。あと――あと少しなのだ。ジェレミー・西郷まで、あと少しなのだ。

答えは、そこにある。そばにある。

（緊急避難よ……あの柳生兵衛を黙らせるために……片っ端からこの街のドロイドを使わせてもらう……それでアンタに行き着いて、必ず真相を暴いてやる――――！）

歯を喰い縛り、眉根を寄せた。その蒼い目を尖らせて、アリシアは茫洋と闇に包まれた通路を進む。その――先だった。

「ああオイ、なんだ子猫《キティ》……そのザマ、随分手酷くやられたみてえだな？」

眩《まばゆ》い懐中電灯を向けてくる、ガスマスク姿のジェイス。

その片手には六連グレネードランチャーを握り、警戒するようにあたりを見回していた。

「……っ、アンタとあたしを襲った奴が中にいたわ。あいつらはグル。あと――」

最も油断のならない柳生兵衛がいると、ぼんやりとした頭で伝えようとした時だった。

「……ったく、・・・・・・・・・・・・・・オマエには感心するぜ。あのイカレ娘に始末されるか叩きのめされるかと思ったが、まさか五体満足で生き残るとはな」

「え――」

瞬間――認識より早く肉体が応じた。

咄嗟《とっさ》に構えを取ろうとする。仮想量子線《ストレイライン》を投射しようとする。

だが――光線の方が遥かに早かった。彼の手の懐中電灯が強烈なストロボ発光と明滅を繰り返し、アリシアの視界を真っ白に埋め尽くす。

強制的に動きが阻害された。人体の脳の情報処理の内、視覚が占める割合は八割に近い。

強力な光源を浴びせるなどの視覚的なストレスは、如何に電脳魔導師《ニューロマンシー》といえども人間である以上は抗えない――。

（そう、か……コイツ、あの子が見境なしって知ってたから……）

未来疑似体験《フォー・シムステイム》で見たあの躊躇いのない攻撃は、アカネ・アンリエッタに説得が通じるわけがないと知っていたからで、おそらく少女を初めから使い捨てと見ていたから。

そしてきっと、あの金属彫刻のある場所が少女の狩場と知っていた。未来疑似体験《フォー・シムステイム》の未来で巻き込まれて死んだのは、調査状況を知るためにアリシアの推理に釘付けされてしまったからだ。そうでなければ……仮にアリシアがあの場で単に調査を行っていたら、きっと素知らぬ顔で置き去りにしていた。そうなれば、アリシアだけが彼女と遭遇していた。

つまり――この男は初めから、アリシアを始末するために動いていたのだ。

この街の真相を確かめようとするアリシアを。

ジェレミー・西郷を捜そうとするアリシアを。

「グルだった……ってこと……」

「グルじゃねえよ。オレがあいつらのリーダーだ。なかなか、上手に演技できてただろ？　なんのかんのと話させて、どうやってここに突っ込んでやろうかと色々と考えたって訳さ」

「……っ」

かしゅん、とグレネードランチャーから何かしらガス弾が放たれた。咄嗟に口を塞ぐ。

目はまだ、麻痺している。治らない。奪われてしまった視界が戻らない。

このガスにはどんな成分を使われるか。おそらく、催涙弾ではない。果たして症状を検知してから昏倒するまでに、カウンターの自己生理的クラックが間に合うか。

それとも、無視して仮想量子線《ストレイライン》で目の前の男を倒す方が早いか。

いや、それで差し違えに昏倒しても駄目だ。きっとこいつの仲間が控えている。どうなのか。

いや、無理だ。どれも無理だ。この茹だるような脳の不調が酷い。徐々に肉体の感覚が取り戻されているが、未だ、精密に生理的クラッキングを行える状態にはない。視覚と、呼吸と、体感覚と、電脳不調——流石のアリシアでも、ここまでされると何もできない。

（どのみちジリ貧……せめて、時間を稼がないと……）

徹底的な悪環境に放り込まれて——それでもアリシアは一縷《いちる》の望みにかけた。諦めるという選択肢は、彼女の中になかった。

ガスの不利を承知で、その小さな口を開く。

「アンタ……こんなの完全に契約違反じゃない……！　事件屋《ランナー》としてどうなの……!?　アンタはそれで、自分の仕事に胸を張れるの……!?」

「仕事？　契約？　……そんなもの、オマエから途中で引き剥がされねえために結んだモンだ。はは、ここをどこだと思ってるんだ？　誰も見てねえし、何が起きても誰も知らねえ。企業も実のところ、ここじゃやりたい放題だ。そのルールを守ってなんの意味がある？」

「──っ」

「プロ意識と言えば聞こえはいいが、意味も分からずルールを守るなんざ学園のガキと一緒だぜ、子猫《キティ》」

奇しくも、あの日──あのジェイスと初めて邂逅したその日に柳生兵衛から投げかけられた問いがリフレインする。

冷たい金の目──〈……プロ意識、という意味なら君も疑問だな〉〈実現されている法と、法というものの理念と、正義と現実の意義をどう考えている？〉〈……単にルールだから従っている、というなら私も興醒めだな。アリシア・アークライト〉。

今のアリシアを見たら、柳生兵衛はそれ見たことかと笑うだろうか。それとも単に、失望したように吐息を漏らすだろうか。

あれだけの男に言われるなら頷けた。あれだけの研鑽《けんさん》を積んだ男なら。

だが、こんな男にまで言われなくてはならないのか。事件屋《ランナー》の。契約の。仕事の。これが、あるべき姿だというのか。この世界の──行われていく営みの。

過ちなのか。己の歩みは。あり方は。こんな最低の下衆なんかよりも。

その悔しさに、臍を噛む。

でも――――これで敗北感なんて味わってやるものか。

「結局のところ、お前はなんて事のない小娘だったってことさ」

得意げなジェイスの声。最低の下衆。好き勝手に言ってればいい。そうして勝ち誇って、油断をしていれば。

あと少し。あと少しだけ、時間を稼げば――

「ただまあ、安心しな。……オレがたっぷり大人にしてやるよ」

だが、そんな下卑た笑いと共に身体に電磁警棒が押し当てられた。

高電圧に身体が麻痺し、そのまま、地面に崩れる。床上付近に滞留したガスに、アリシアの意識は奈落へと落ちていった。

◇
◆
◇

夢を見る。

知るはずのない体験の夢を見る。

あの悪魔がほくそ笑んでいる夢ではない。アリシアの脳で開かれる誰かの記憶だ。

ああ――分割した仮想思考の影響か。無意識領域での思考じみてそのまま再生され続けるその記憶が、アリシアに知り得ない夢を見させる。

夢の中のアリシアは、取材を行う誰かだった。そのうちの一人だった。

いくつもの絵が飾られたアトリエ。黒い墨の濃淡で描かれた人物画。夢の中のアリシアの視線の先には——二人。腰まで黒髪を伸ばして、満月のような金色の瞳で微笑を浮かべる年若い少女は、アカネ・アンリエッタ・西郷か。きっと、数年前の記憶。

その隣で柔和な笑みを浮かべる茶髪の男性は、サイモン・ジェレミー・西郷か。どこか映画俳優のような髭《ひげ》を蓄えたその顔には、僅かに疲れが浮いていた。

それでも、インタビューは順調に進んだ。

滞りなく行われる質問と応対。

何枚か、フラッシュが焚かれる。視覚情報を電脳から画像抽出できるこの世の中だが、意味のある芸術的な一枚絵という点では、むしろ、カメラの方が上等だった。

それが、穏やかな親子の姿を映す。腰を抱いて肩を合わせた二人。幸せそうに。その中には家族の幸福がある。母を失ってなお、支え合う父と娘。その信頼が伝わってくる。

ああ、それは、破綻なく——破戒なく。

その二人は、どこにでもいる幸福そうな親子だった。娘をモデルにいくつもの絵を描いて家庭を支える父親と、モデルとしてそれを盛り立てる娘。作画風景の写真を撮りたいと言われた少女は、少し、肌を晒すことを恥ずかしそうにしていた。

インタビュアーは、そんな少女を褒めそやした。上等なモデルだと。美しいと。そんな彼女がいるからこそ、写実主義的な絵は助けられるのだと。

そこに、他の意図はなかった。そのインタビュアーが、少女に下品な視線を送りはしない。ただ純粋に、彼は作品とその父娘を褒め称えていた。

そして、やがて、そんな撮影も終わる。

少し寒そうに上着を羽織った黒髪の少女を置いて、父が、玄関まで訪問者たちを見送る。

それだけ。そこで不快な取引も、不穏な批評も届かない。すべてがただ、平穏の内に終わっていた。ここには何も、この世界で起こる残酷さも醜悪さもない。

最後に、玄関先でインタビュアーがもう一度、礼を言った。

応援していると。楽しみにしていると。あのように理解のある娘さんを持てて、サイモン・ジェレミー・西郷氏は幸福だと。モデルとしても人間としてもよくできた娘さんだと。

あのような少女だから、きっと、これからも素晴らしい絵が多く生まれるのだと。

ああ、そしていくらかの言葉が交わされる……その中で、

――だから、憎んでいるんです。

そう……すべてに疲れ切ったような表情の茶髪の男が、小さく笑いを零した。

それは、きっと、彼から溢れた呪いだった。

◇◆◇

ひんやりと、涼しい。

それが痛む頭を少し和らげてくれる気がした。

眼を開く。頭上には——鎖がある。両手を手錠で繋がれて、天井から垂れる鎖とフックに接続されている。爪先立ちになるほどの高さ。逃走防止だろうか。

「よぉ、目が覚めたか？　こっちは目が覚めるような景色を随分見させられてるけどな」

「……これ、夢？　目を瞑ったら消えてくれる？」

鼻で笑えば、目の前のジェイスが拳を振りかぶった。

ガシャリと鎖が鳴り、冷たい石造りの部屋に響いた。石造り風の部屋か。中世の牢獄のような場所で、木机が壁に面している。あの城の中だろうか。

中には、ジェイスを含めて四人ほどの看守が居た——中世には似つかわしくない看守が。タンクトップの薄着になった信号機トリオが。にやにやと、アリシアを取り囲んでいる。

口腔に、血が滲む。今の一撃で口の中を切ったらしい。ひりつくそれが、ぼんやりとした頭の気付けになった。

「目が覚めたか？」

「まだ、消えてないけど」

吐き捨てるように言えば、ジェイスがもう一度拳を握る。咄嗟に目を閉じる。

「顔はダメだって。ボディにしてよ、ボディに」

「オーライ」

赤い髪の青年の言葉で、拳の軌道が変更された。

吊るされて碌に力も入れられない腹筋に――刺さった。身体がくの字に曲がる。ぜひゅっと声が漏れた。焼き付くような痛みが腹膜を攣《つ》らせて、喉から唾液が込み上げる。

何度もえづいた。上手く息が吸えない。吸おうとするたびに腹筋が引き攣る。

じんわりと重い痛みが、血潮に乗って少しずつ散って広がっていた。

「目は覚めたか、ロリータサンドバック」

「頭を……冷やして、ほしいわね……目の、前の……バカ男の……」

睨み返せば、それから数発殴られた。ジェイスは、興奮しているようだった。

「ったく、大したプロ意識だな……こんな場所までノコノコ来てとっ捕まるとは。だがまあ、乳がデカいだけじゃないってのは褒めてやる。本当に正解だったよ。外貨を獲得する手段があるってのと、ジェレミーの野郎がそれに関係した仕事をしてるってのはな。確かに役に立ってもらってる。オレたちは素敵な共犯者さ。隠れたがるアイツを、隠して養ってやってる」

「……アンタたちに、芸術の審美眼がある風には見えないけど。絵の良さなんて、お餅が描いてあったら食べるぐらいしか分からないんじゃないの？」

「絵？　……はは、わざわざ絵なんて売るわけねえだろ？　ここをどこだと思ってるんだ？　物質主義的現代社会から解放された場所なんだぜ？　治外法権だぜ？」

なら他に、何を売っているのか。

考えようとしても、アリシアの頭は回らなかった。画家が——絵以外に、何を売るのだろう。しかも、大金になるようなものを。

「アンタたちにも大事な金ヅルなら……隠れたがってるなら……隠してるなら……なんで、それでジェレミー・西郷の目撃証言が出るのよ……」

とりあえず思考を回すために口を開けば、まさにジェイスは嘲笑を浮かべた。

浅黒い肌に皺が入る。心底、愉快そうな笑みだった。

「アイツは、それなりに名前が知れてるやつなんだろう？　そうして垂れ流してりゃ、誰かしら嗅ぎ付ける奴が出てくる。別にアイツじゃなくてもいいのさ。有名で捜されているってんなら誰でもいい。そうやってノコノコと捜しに現れた奴を捕まえる——ってな。ここじゃ人が消えてもおかしくないんだ。中々いい稼ぎになるぜ？　そこそこ名前が売れた事件屋《ランナー》とデキる店なんてのは、表にそうそうねえからな」

「……そ。さいてーな自白をどーも」

人身売買――売春。

それは確かに、依頼者からジェイスについての評価が高くもなろう。依頼人の中には、外からのそんな客が含まれているのだ。

事件屋《ランナー》には、あの日のように賞金首《ターキー》を狙う人もいる。当然、犯罪者からは恨まれるし、一部の好事家はそんな実力を持った相手にこそ注目するのだろう。容易く犯罪者を抑え込み、或いは颯爽《さっそう》と事件を解決する。そんな力を持って振りかざす女性を、本来なら手も届かない女性を、自分だけは味わってみたいと思うだろう。

そして、事件屋《ランナー》の女性が何かしらの形でこの芸術解放特区《アート・コミューン》を訪れると……今のアリシアのような目に遭うのだ。きっと、遭って来たのだ。今までも。

腹が立つ。

こんな男たちが、いいようにしていることに。それは彼らの協力者であるジェレミーへの裏切りであるし、事件屋《ランナー》全体への裏切りだ。全方位に誠実さがない。

そんな男が、幅を利かせている。本当に最悪だった。

……ただ、悔しさはなかった。

「まあ、安心しな。お前に客は取らせねえから。オレたち専用のペットだ。お前が乳デカのオナホに生まれた意味をたっぷりと教えてやる。男ってもんと、女だってことを。そのガキ穴に精液と一緒にたっぷりだ」

「……」

まだ、どうも服は脱がされていない。肋骨ガードを解かれてそれだけ。アリシアの反応を見ながらそうしようとしていたのだろうか。ニヤついたジェイスが、ゆっくりと近付いてくる。

あたりを見回す。タンクトップの男たち。ヘラヘラと笑っている。腕に注射痕——ナシ。ドラッグ特有の匂いナシ。

「フン……御託はそこまでよ、能無し」

言って——アリシアの周囲に、アリシアにだけ見える青い糸が発現する。

この程度の人数。

全員昏倒させてやると、同時に接続した途端——背筋を、ぞくりと何かが込み上げた。

「しまっ————」

思った時には、もう遅い。

四人分の酩酊感がアリシアに襲い掛かった。ドラッグの感覚。全身の毛穴が開かれて、無理矢理に甘い痺れを注入されたような恍惚《こうこつ》感。

すぐに接続を切る。だけど、遅かった。先ほどの戦いのときの熱っぽさを何倍にも酷くしたような感覚が、体の内側からのどうしようもない昂ぶりが、アリシアの背筋をゾクゾクと這い上がってきたのだ。

「～～～～～～～～～～っ♡」

「お？　なんだ、乳首立てやがって……そんなに虐《いじ》めてほしかったのか？　え？」

「ち、ちが……やめっ、さっ、触らないで――」

後ろに回り込んだジェイスが、背後からアリシアの乳房を持ち上げた。

バトルワンピース越しに、むにゅっと柔らかな乳房が踊る。たわわに実った果実の如きアリシアの双丘に無骨なジェイスの指が沈み込む。そのまま何度も、遊ぶように揉み解《ほぐ》された。

「ははっ、すげえな子猫《キティ》。マジでノーブラになってやがるぜ。本当に売ったのか？　そんな格好でこれまで調査してたのか？」

「うるっ、さい……！　触るなぁっ、この、さいてー男……！」

気色の悪い感触と屈辱に涙を浮かべながら、イヤイヤと体を動かす。頭を振って必死に逃れようと暴れ、何度も金髪の後頭部を後ろのジェイスの胸板に叩き付けた。だが、揺らがない。揺るがない。ごつごつとした男の肉体とその胸板の感触を後頭部に感じるだけだ。

そしてアリシアの屈辱は、そんな程度では終わらなかった。

「ってことは……ああ、下も売ったのか？」

「――っ」

「確かめねえとなあ？　探偵みたいに推理にはしょーこが必要だろ？　なあ？」

嘲るような言葉と共に、ジェイスの片手が下に伸びた。

咄嗟に太腿を閉じる。だが舌打ちと共に踵を蹴りつけられ、無理矢理に足を開かれた。

すーすーと……最悪だ。今、最悪の感触がしてる。また身体に熱を入れられたのだ。つまり——

——ぬちゅっ♡

そんな音が、冷たい石畳の牢獄に響いた。

桃の果実のように段々と芯に向かって紅が濃く彩られていく恥丘の、金色のヘアの向こうの恥ずかしい場所をジェイスのゴツく浅黒い手が包み込んだ。

「ははっ、オマエ、パンツまで売ってたのか？　ノーパン探偵が！　それでよくも得意げに推理なんて披露してたな！　まんこ丸出しでか!?　推理で濡らしたか!?」

ぎゃはははは、とジェイスに続いて男たちが笑いを上げた。

そうなったのは、あの、アカネ・アンリエッタから未来の体験で死んでいたジェイスを庇ったためだ。こんな男を、助けようとしたためだ。そのことを知らず——笑われていた。

「っ、無様なのはアンタの方よ……！　得意げに黒幕ヅラして、一歩間違えればあの場で殺されてた！　あたしが騙されたのは、アンタの演技力じゃなくてマヌケさによ！」

猫が毛を逆立てるみたいにアリシアは吠えた。ふーっ、ふーっと青いアーモンド形の瞳が肩越しに背後を睨む。どんなに笑われようとも、この男たちは知らないだけだ……と。

だが、

「へっ……つまり、オレごと殺されるようなリスクまでとったオレが、見事にオマエを騙したってことに変わりはねえだろ？　結構な賭けだったんだぜ？」

「――っ、それは……」

「あのクラブでも、あんなふうにしてやりゃあ得意げにてめえは奥に向かうって判ってたぜ。こいつらが大人しく案内したら、もう少し警戒しただろう？　だから、わざとブチのめさせてやった。知ってるか？　大抵の狩人ってのは、獲物を狩ったあとが一番油断するんだよ。オマエはまんまと自分の力でコイツらにしてやったと思ってた。だからああも急いで、そのまま奥に向かうしかなかったのさ！　ざまあねえな！」

「……っ、うるさい……！　この卑怯者……！　さいてー男……！　クズクズクズ、クズ！」

背後から覆いかぶさるジェイスの胸の中でアリシアは暴れた。全力で暴れた。それでも男たちの嘲笑は止まらなかった。どんどんと悔し涙が浮かんで、視界がぼやけてくる。

「はは、ガキみてえに騒ぎやがる……っとそうだ、確かめねえとな」

何を、と言う暇なんてない。後ろからアリシアの巨乳を鷲掴《わしづか》みにしていた手が、そのまま太腿にスライドした。恥部に触れていた手もそのまま太腿を掴む。白く陶器のような腿に、浅黒い指が沈み込んだ。

そして――膝を折って、アリシアの背中をなぞるようにジェイスの身体が沈んでいく。ジェイスのその顔が、アリシアのうなじを通り、背中を擦り、お尻の曲線に頬ずりをしながら、辿り着いてはいけない場所にその鼻先を届かせた。

必死に足を閉じようとするも、アリシアの小柄ではジェイスの腕力に逆らえない。

そうして身を捩るそのうちに彼の足が背後からアリシアの向う脛を抑え、さながら関節技のように、彼の分厚い脹脛と太腿でアリシアの細い足首近くを固定した。

足を閉じさせてもらえない。大きく開かされている。すーすーとした感触が強くなる。

そしてジェイスのそのゴツゴツした男の指が、アリシアの一番女の子の部分に触れた。周りより少し桃色が濃くなった、その恥ずかしい女の子の唇に触れた。

そのまま――くぱぁっ♡と。

「ははっ、テメエやっぱり子猫《キティ》じゃねえか！　こんなデカパイぶらさげて、ノーパンノーブラで出歩いて処女って――一体どうなってやがんだ？　ええっ？　このガキ穴とデカパイ使わせずに世の中のちんぽに申し訳ねえと思わねえのか！　大犯罪だろうが！」

「～～～～～～～～っっっ」

見られた。さいてーの男に、一番許せない男に、絶対に負けたくない男に、誰も見たことのないオンナノコの場所の奥の奥まで覗かれた。

そのことに頬が熱くなる。必死に太腿やお尻を動かすも、ただ鎖がガシャガシャと鳴るだけで他に何もなってくれない。抑え込むジェイスの、雄の力に全く勝てない。

そして赤髪の青年が、後方を睨みつけて身体を揺するアリシアに、前から音もなく近付いていた。

カチャ、と鎖が鳴る。青年が掴んでいた。アリシアは竦みながら反射的に前を見た。

「さ・て・と、おれらはさいてー男です」

「な、なによ……離れなさいよ……！　は、離れてよ……！　近付かないで……！」

「じゃあ――そのさいてー男に、初めての素っ裸を晒すキミはな――んだ！」

「――!?」

グイッと、思いっきりバトルワンピースを引っ張られた。何も阻んでくれるものはない。手首まで一直線。その勢いに乳房まで巻き込んで持ち上がって、それから――たゆんっ♡と解放されてそれで終わりだ。

すーすーとした感覚が、最高潮になった。真っ白な肌。今まで誰にも見せたことのない真っ白な肌。腰が細く、肩は薄く、それとは不釣り合いなぐらいに胸が大きくて――その薄桃色の乳輪も、乳房も、お尻もお臍《へそ》も太腿も股の間も何もかも全部を男たちに晒してしまっていた。

「ひ、っ――」

身体を丸める。声にならない声が漏れる。完全に。こんなどうしようもない男に。絶対に恋人にもしない。好きになることもありえない。手を繋ぐのも無理で、声をかけたくもない。

そんな相手に——頭のてっぺんから爪先まで、隠すことなくアリシア・アークライトという女の子の生まれたままの全部を晒されてしまっていた。

「〜〜〜〜〜〜〜〜〜〜〜〜〜っ、やめっ、やだっ、やだぁっ！」

皮肉を飛ばすこともできない。罵り返すこともできない。その小さな裸体の奥の思考の処理容量を超えてしまった辱めに、全身を赤く紅潮させてくねくねと身体を動かすしかない。

男たちの獣めいた笑いが最高潮に達した。しっぽのような金色の二つ括りをぶんぶん振って、そのたびに真っ裸のアリシアの頬を我慢できない涙が伝った。

最低の経験。

最悪の体験。

そして、ここで終わる理由など——もう、何一つもないのだ。

「さ、て……それじゃあ記念すべき大人への第一歩だねー。おまんこの罪はおまんこで償わなきゃね。暴言一つはちんぽ一つだよ？」

残酷な笑みを浮かべる赤髪の青年が、頬を挟み込むようにアリシアの顎を掴んだ。何とか辛うじて上目遣いで睨みつけるも、既に涙を滲ませた青い瞳に動じることはない。

頭を無理矢理逃れさせようとするも、薄笑いを浮かべた男の手は外れない。それから、最悪のことに気付いた。男のズボンの一点が、膨らんでいる。内側から押し上げられている。

興奮。そしてそれはこれから、アリシアに目掛けて突き立てられるのだ。

だが……。

「思えばこれまで随分とでけえ口を叩いてくれたよな？　そのデカパイよりでけえ口だ。ちゃーんとそのツケを払わせてやる。プロだなんだって偉そうだったから、オマエがプロらしいのか、事件屋《ランナー》の皆に確認してもらおうぜ？　今まで散々生意気コイてくれたからな……雌穴でちんぽ初めてコキ捨てるとこ、世界中の皆にちゃーんと教えてやらねえとな？」

「な……っ」

「あー、じゃ、カントク待つの？　今、お店の方に出てるんじゃないの？　多分呼んでもすぐ来ないと思うし……正直そこまで我慢できないって。いいじゃん、そんなの。視覚の記録で。あとで抜き出せばそれでいいでしょ？」

赤髪の青年の言葉に、信号機トリオはそうだそうだと頷いた。

「あ？　じゃあオマエら、ちゃんと記録映像係に徹することができんのか？　コイツのツラと全身、ピンボケなしに見てられんのか？　それができるなら別に構わねえが……」

「いやいや、無理でしょ。そのデカパイ目を引くもん。顔可愛いし。無理無理」

「なら……」

「や、別にいいじゃん。そんなの適当で。おれらいつも映す側じゃなくて映される側だもん。それに、それはそれで実録映像っぽくてよくない？　裏ビデオってそうっしょ？　だってさあ、そんなの待ちきれないって。明日になったらお店もあるし、一度中断になっちゃうんだしさ。ちんぽが乾いちゃうよ？　早いとこやろ？　つまんないでしょ？」

手を広げる赤髪の言葉に、それでもジェイスは不満げに唸った。彼だけは、二度アリシアに倒されている。それが、余程プライドを傷付けたらしい。

最低の時間まで、少し、猶予ができるのか。

何とかその間にここからの脱出を考えようと思うアリシアの背後で――

「――じゃあ、面白ければいいんだよな？」

ジェイスが静かにほくそ笑む。そして、アリシアを抑え込む力が抜けた。

何かと――……目線をやるアリシアの前で、ジェイスが辿り着いた先の机。彼が、並べられた訳の分からない器具の一つを手に取った。

コンタクトレンズのような、絆創膏のような薄手の何か。

「オマエら、このガキにお勉強を教えてやりたくねえか？　ガチハメセックスの前の、大事な大事な予習って奴を。イカれるまでイカせたその方が、ちっちぇ穴の具合がよくなるぜ？」

ジェイスの指先の上で、その小さな透明の道具が震えた。小刻みに振動して、奇妙に甲高い唸りを上げる。

それを眺めた青年たちは――

「さんせーい！　じゃあおれ乳首に覚えさせまーす！」

「んじゃ、外からポルチオ開発すっかなー」

「せっかくのデカパイなんだから、胸を掴まれてもイくくらいにしておきたいな」

一人は、コードのついたピンク色の吸盤を。

一人は、粘土のように先端が変わるこけしのようなものを。

一人は、グネグネと形を変えるフィルムのようなものを。

おかしな震えを上げる道具を手に取り、半笑いと共にアリシアの下まで迫ってくる。

ウィィィィと音を立てるそれらが、碌でもないなんてのは教えられなくても想像がついた。

そして、

「やっ、ひっ、やめてっ、来ないで……来ないで、来な、いっ～～～～～～～～～!?」

アリシアの声にならない悲鳴が、冷たい牢獄の中に木霊した。

◇
◆
◇

「残酷であること、醜悪であること、救えぬこと……だが、それとこれに何の関係がある？　――俺は、俺の職務を遂行する」

――名もなき軍人の詩

芸術家父娘を捜す中で、
ネオマイハマの闇に触れた
アリシアは罠に落ちてしまった。
囚われの身となり、
男たちの獣欲に晒される
彼女を待ち受ける運命は……?
ゴエティア・ショック
電脳探偵アリシアと墨絵の悪夢
下
好評発売中!!

大人気イラストレーター
朝凪先生 応援イラスト

朝凪…大人気イラストレーター。
「ゴエティア・ショック」Web 版連載当初に
ファンアートを製作・公開するなど、本作に非常に縁深い。

X アカウント：@Victim_Girls

ファンレター、作品のご感想をお待ちしています!

【宛先】
〒104-0041
東京都中央区新富1-3-7　ヨドコウビル
株式会社マイクロマガジン社
GCN文庫編集部

読図健人先生 係
大熊猫介先生 係

【アンケートのお願い】

右の二次元バーコードまたは
URL (https://micromagazine.co.jp/me/) を
ご利用の上、本書に関するアンケートにご協力ください。
■スマートフォンにも対応しています (一部対応していない機種もあります)。
■サイトへのアクセス、登録・メール送信の際の通信費はご負担ください。

本書は書き下ろし作品です。
この物語はフィクションであり、実在の人物、団体、地名などとは一切関係ありません。

GCN文庫

ゴエティア・ショック
電脳探偵《でんのうたんてい》アリシアと墨絵《すみえ》の悪夢《あくむ》 上《じょう》

2024年6月28日　初版発行

著者　読図健人《どくずけんと》

イラスト　大熊猫介《おおくまねこすけ》

発行人　子安喜美子

装丁　AFTERGLOW
DTP／校閲　株式会社鷗来堂

印刷所　株式会社広済堂ネクスト

発行　株式会社マイクロマガジン社
〒104-0041　東京都中央区新富1-3-7　ヨドコウビル
［販売部］TEL 03-3206-1641／FAX 03-3551-1208
［編集部］TEL 03-3551-9563／FAX 03-3551-9565
https://micromagazine.co.jp/

ISBN978-4-86716-587-4 C0193